EDMUNDO PAZ SOLDÁN

SIMULACROS

Prólogo por
Sergio Ramírez

Santillana

Dirección editorial: Jannette Medrano
Estudio de la obra: Dra. Alba Ma. Paz Soldán
Selección y notas: Lic. Raquel Montenegro
Margarita Behoteguy
Ilustración portada: Juan Carlos Vásquez de Velazco
Diagramación: Ma. Esther Aguilar

1999, Santillana de Ediciones S.A.
Av. Arce 2333 La Paz - Bolivia
Fax: (591-2) 371122 • E-mail: santilla@ceibo.entelnet.bo
Teléfonos: (591-2) 378337 • 392780 • 392884

• Grupo Santillana de Ediciones S.A.
Calle Torrelaguna 60, 28043 Madrid, España
• Aguilar, Altea, Taurus, Alfaguara, S.A.
Beazley 3860 (1437) Buenos Aires, Argentina
• Aguilar, Altea, Taurus, Alfaguara, S.A. de C.V.
Av. Universidad 767, Col. del Valle. México 03100, D.F.
• Aguilar, Chilena de Ediciones Ltda.
Pedro de Valdivia 942. Santiago, Chile
• Editorial Santillana S.A.
Javier de Viana 2350. Montevideo 11200, Uruguay
• Santillana S.A.
Av. San Felipe 731 - Jesús María, Lima 11, Perú
• Distribuidora y Editora Aguilar, Altea, Taurus, Alfaguara, S.A.
Calle 80 No. 10-23. Santafé de Bogotá, Colombia

Una editorial del Grupo Santillana que edita en
España • Argentina • Bolivia • Colombia
Costa Rica • Chile • Ecuador • EE.UU. • El Salvador
Guatemala • Panamá • Paraguay • Perú • Portugal
Puerto Rico • México • Rep. Dominicana • Uruguay
Venezuela

Depósito Legal: 4-1-884-99
ISBN: 99905-2-072-0
Impreso en Bolivia por:

Industrias Offset Color s.r.l.
Av. Chacaltaya 2103
Central Piloto 305151
La Paz - Bolivia

ÍNDICE

LOS CREADORES

DESASOSIEGOS

INÉDITOS

SIMULACROS

Presentación

Edmundo Paz Soldán es ciertamente un representante de la narrativa boliviana contemporánea. Con sus 32 años, ya cuenta con tres novelas publicadas, tres volúmenes de cuentos y algunos importantes premios, que constituyen una obra literaria considerable y premonitoria.

Esta selección de cuentos abarca la producción inicial pues recoge relatos de sus dos primeros libros: "Las Máscaras de la Nada" y "Desapariciones" hasta su producción más reciente , con cuatro cuentos inéditos.

Este volumen está dedicado a todo público, pero especialmente a los jóvenes pues son los que encontrarán en estos relatos los temores de la adolescencia, lo bello y horroroso de la imaginación y fantasía, los amores truncos y el absurdo existencial. Por esto, se incluye en esta selección una propuesta de trabajo para el profesor, en la esperanza de que los cuentos sirvan para realizar una serie de actividades extracurriculares en las que el joven se involucre y comprometa.

Tenemos la certeza de que estos relatos amenos, bien escritos, algunos con ribetes borgianos y otros ingeniosos y sorprendentes serán valorados por el lector que encontrará en este escritor con conceptos literarios, irónicos, creativos y refrescantes que la literatura es también un camino hacia la realización plena y auténtica.

La Editorial Santillana se siente honrada de que un escritor de la talla de Sergio Ramírez, escritor nicaraguense y ganador del Premio Internacional de Novela Alfaguara 1998 sea el que prologue este libro y con su voz aliente a la nueva narrativa boliviana.

Raquel Montenegro

PRÓLOGO

ENTRE EL VIOLÍN Y EL ARCO

Sergio Ramírez

Conocí a Edmundo Paz Soldán en la Feria del Libro de Lima a mediados de 1998, cuando también me encontré muy fugazmente con Alberto Fuguet, que partía de regreso a Santiago. No había leído a ninguno de los dos, aunque tenía en mi maleta de viaje sus novelas recién publicadas, "Río Fugitivo" de Edmundo, "Tinta Roja" de Alberto; y antes de leerlas, o mientras los leía, fui haciéndome amigo de ambos, una operación no tan fácil si tomamos en cuenta que pertenecen a una generación bastante posterior a la mía, para no llamarlos de una vez escritores jóvenes, que es un calificativo que a veces esconde más de lo que quiere decir, y sirve las más de las veces para tomar distancias.

Un escritor maduro, como se supone que debo llamarme yo, frente a dos jovencitos que escriben, debe colocarse necesariamente en la posición de enseñar, según la tradición. O al menos, de alerta. Mi confesión en este caso es que con ellos me ha tocado aprender, no sólo de nuestras conversaciones, porque en ocasiones posteriores a aquel primer encuentro hemos disfrutado muchas tertulias juntos, en aeropuertos y otros lugares poco propicios, más conversador hasta los codos Alberto, más recatado, sonriente y enigmático, Edmundo, pero los dos divertidos, cada cual a su manera; y la verdad es que en ellos he encontrado no solamente dos jóvenes escritores, sino lo que debo llamar con toda propiedad: literatos, que para mí es una categoría superior, que envuelve necesariamente a la otra.

Un hombre de literatura es el que puede moldear lo que escribe desde la literatura, y no solamente desde la experiencia. Y un hombre de literatura joven juega con ventaja, porque puede darle a su propia experiencia febril, a su cúmulo de sensaciones nuevas, a todo lo que mira en su entorno, los colores de la literatura misma que sólo se transfieren desde la lectura apasionada, y el conocimiento de los mecanismos literarios que sólo provienen de los libros de otros, los clásicos y los contemporáneos, los buenos y aun los malos libros que enseñan cómo no escribir. La pasión desmedida del que lee no sólo libros, sino también folletos médicos, las tarjetas plastificadas con instrucciones de emergencia en los aviones, los "nutrition facts" de las cajas y latas de alimentos, y cualquier papel sucio y arrugado tirado en el suelo, como hacía Cervantes. Esos son los verdaderos lectores que devienen en verdaderos escritores.

Es una escritura que a partir de esa doble virtud, experiencia más conocimiento, ya no se improvisa, porque por debajo está el sedimento, la voracidad que ha permitido entrenarse leyendo a Ellery Queen y a Dashiel Hammet, pero también a Borges, a Onetti, a Kafka, a Faulkner, a Nabokov, a Calvino. No hay cosa que más deteste hoy día en la literatura, que los escritores nuevos ignorantes, como si empezar a escribir no fuera un deber de empezar de verdad, aprendiendo a fondo el oficio.

Comencé, pues, a leer a Edmundo como novelista en "Río Fugitivo" (1998), donde escogió desafiarse a sí mismo con un libro extenso y complejo, en el que entra valientemente, y con perspicacia suficiente, para contar la adolescencia, el más engañoso de los territorios para un escritor que dispone de dos elementos sustanciales a la hora de adentrarse en ese territorio, su vocación, y su experiencia de lo vivido. La adolescencia vista de inmediato, casi recién ocurrida, y no desde la lejanía de los años, tras el velo engañoso de la nostalgia.

De esa aproximación directa surge entonces la crónica cotidiana de sus años escolares en el Colegio Don Bosco de Cochabamba, una crónica que a la medida que la lectura progresa va convirtiéndose en un "thriller", y por lo tanto en un drama, moviéndose desde las aguas quietas de la inocencia, donde se ensaya a ser adulto, a las aguas revueltas donde las corrientes arrastran lejos de la inocencia, y quizás muchas veces para siempre. Hacerse adulto significa develar misterios y ser resquebrajado por golpes imprevistos, ramalazos negros.

Fue hasta más tarde que leí los cuentos de Edmundo, lo que no deja de ser un proceso inverso cuando se quiere aprender sobre un escritor, sobre todo si es tan joven. Se supone que se va siempre del cuento a la novela; y para mí, en sus primeros cuentos, o cuentos primerizos, están las marcas de agua que prueban la autenticidad de su escritura, como en los buenos billetes de banco. Cuando un escritor empieza su carrera, sus cuentos nunca valen como ejercicios por sí mismos, simples calistenias de mano, según la justa sentencia de Truman Capote. Muestran o no muestran, desde el principio, la habilidad, el rigor del oficio. No hay salvación.

En estos primeros cuentos de "Las máscaras de la nada" (1990) y "Desapariciones" (1994), que darán paso después a los de "Amores Imperfectos" (1998) el lector puede notar la progresión, como la he notado yo después de una lectura sistemática de los tres libros; y a través de la progresión el aprendizaje riguroso del oficio, yendo de la brevedad, bajo el rigor de la concisión, a los cuentos más extensos, y yo diría más narrativos, donde el planteamiento no se queda en aforismo, o en parábola sorpresiva, como en los primeros, sino que el cuentista que va enseñándose a sí mismo entra ya a explorar la trama, que es donde la esencia del cuento reside de verdad.

En sus primeros dos libros de cuentos, Edmundo ensaya ese difícil arte de pulimentar la realidad cotidiana hasta sacarle el brillo de lo sobrenatural, sin que el episodio visto desde el otro lado del espejo lo despoje de su carácter cotidiano. Y lo hace bajo el desafío riguroso de la brevedad, una brevedad que depara siempre una sorpresa. En cada historia de apariencia tan inocente, y de consecuencias tan diabólicas, se abre una puerta en el muro, que como la de H.G. Wells no se sabe adónde va a conducirnos; y entre esa puerta y nosotros sólo existe la voluntad de exploración, el aire oscuro y diáfano del misterio, lo que está suspendido entre el violín y el arco, como dice Rubén Darío.

De los ejercicios breves que están sobre todo en "Las Máscaras de la Nada", Edmundo sale muy bien, y se aleja rápidamente de Borges, como quien una vez ensayado el color de una capa, la abandona de camino en el suelo y va a cubrirse con otra. No otra cosa es el aprendizaje de la literatura que un cambio de vestuarios y una prueba de instrumentos diversos, ensayando a tocar todos los registros hasta dar con el propio, y que yo encuentro ya espléndidamente conseguido en algunos de los cuentos de "Desapariciones", pero sobre todo en "Amores Imperfectos", y allí sobre todo en los tres últimos de la colección, y para mayores precisiones, en el último de todos, "Dochera", que me exalta de entusiasmo porque se trata de un cuento maestro.

Cuando alguien no muy versado en literatura preguntó a Stendhal por su oficio, respondió: "observador del corazón humano". El otro, dicen, lo tomó por policía. En sus cuentos, Edmundo Paz Soldán sigue siendo el policía de sobretodo que apenas entra en la escena del crimen sabe que se trata siempre de averiguar sobre el corazón humano. Y la buena literatura es, a fin y al cabo, el crimen perfecto o la averiguación perfecta.

Managua, junio de 1999

La familia

La madre

Allá están ellos. Desde aquí no puedo distinguir con claridad sus facciones. Tal vez alguno esté dibujando una sonrisa, tal vez alguno tenga su mirada fija en mi mirada. Nunca sabré qué están pensando ahora, qué divagan sus imaginaciones en este instante sin prisa.

La tarde se apaga en el horizonte, el cielo sin el azul que conocí en otros días. Recuerdo a mi madre y sus consejos, tan distantes y a la vez tan cercanos; recuerdo también sus presagios, de los cuales siempre me burlé: entonces yo no era el que soy ahora. Ella, quizá, adivinaba al que yo sería.

Alguien profiere una orden y ellos disparan. Siento finos dardos clavándose en mi pecho, dilacerando mis carnes, disipando mi vida. Mis manos amarradas se crispan, mi cuerpo resbala exánime junto al poste.

El día sigue su curso y, poco a poco, me olvida.

La transformación

Empuñó el instrumento con precisión, observó nuevamente aquel temeroso semblante, apretó los labios y, poco a poco, su brazo trazó un arco en el aire hasta que la hoja afilada rasgó aquella piel morena, blanda como un jabón. Observó la hendidura, la sangre escurriéndose en hililllos viscosos, y contuvo una exclamación. "Me estoy volviendo hombre –pensó–. Me estoy volviendo hombre".

Después de algunos segundos de duda, repitió la operación: el brazo volvió a describir en el aire una línea curvada, la hoja de acero volvió a hendir con violencia en aquella carne irritada, ardorosa como una lengua de fuego. Observó aquellas facciones laceradas por el dolor, aquella mirada incolora y nerviosa, y sintió que lo peor había pasado. "Por fin lo hice –pensó–. Me estoy volviendo hombre".

Escuchó un rumor de bisagras enmohecidas, dirigió la mirada hacia la puerta y encontró la delgada y furiosa silueta de su padre, las palabras que sumergían su cuerpo en un pozo sin fondo; entonces, olvidando el dolor y con la vergüenza adherida a su piel como un emplasto humillante, dejó caer la máquina de afeitar.

LA FE Y LAS MONTAÑAS

El domingo por la tarde, el Tunari se desplazó algunos kilómetros hacia el sur y el San Pedro se acercó, lenta pero perceptiblemente, hacia el centro de la ciudad, ambos levantando inmensas cortinas de polvo que impidieron la visibilidad por el resto del día.

De nada sirvió. El lunes a la madrugada, mi madre murió.

Veintisiete de abril

Era el cumpleaños de Pablo Andrés y decidí obsequiarle la cabeza de Daniel, perfumada y envuelta con elegancia en lustroso papel café. Supuse que le agradaría porque, como casi todo buen hermano menor, odiaba a Daniel y no soportaba ni sus ínfulas ni sus cotidianos reproches.

Sin embargo, apenas tuvo entre sus manos mi regalo, Pablo Andrés se sobresaltó, comenzó a temblar y a sollozar preso de un ataque de histeria. La fiesta se suspendió, los invitados nos quedamos sin probar la torta, alguien dijo son cosas de niños, y yo pasé la tarde encerrado en mi dormitorio, castigado y sintiéndome incomprendido.

La familia

—¡Soy inocente, yo no maté a mi padre!— exclamó mi hermano, desesperado, apenas escuchó la sentencia. Me acerqué a él, intenté infundirle ánimo, le dije que yo le creía (y era verdad: tenía la certeza de que no mentía), pero mis palabras eran vanas: su nuevo destino estaba sellado. Apoyó su cabeza en mi pecho, lloró.

Fui a visitarlo todos los sábados por la tarde, durante veintisiete años, hasta que falleció. En el velorio, al mirar su precario ataúd desprovisto de coronas y recordatorios, sentí por primera vez el peso amargo del remordimiento.

La espera

Como todos los domingos, mi padre me dijo que iría a pescar y regresaría al atardecer y yo le creí; mi madre me dijo que iría a visitar a mi abuela y yo le creí; mi hermana habló de una excursión al Tunari con su novio y tampoco dudé.

Han pasado cuatro años y empiezo a sospechar que no volverán. Me he quedado sin teléfono y sin electricidad, imagino que por falta de pago, y no me gusta leer. Mis provisiones se han agotado y cada vez me es más difícil encontrar ratones o gusanos.

Y tampoco puedo salir de esta casa: me es intolerable la idea de que en el momento en que lo haga ellos regresen y volvamos a desencontrarnos. Así que me dedico a esperar sin hacer nada de la mejor manera posible.

En la noche de San Juan

Es la noche de San Juan y Ricardo, sentado junto a sus padres y su hermana Patricia frente a una fogata, se decide por materializar una idea largo tiempo acariciada: la de incendiar su casa. Quiere sentir el placer de ver el crepitar de las llamas consumiendo las paredes de madera, el destrozarse inexorable de las viejas fotos de abuelos y bisabuelos que cuelgan sus estampas desvaídas en habitaciones polvorientas, el rojo intenso del fuego avanzando entre cortinajes y celosías y dejando al desnudo estructuras que fingen eternidad pero que son sólo tiempo.

Son las diez de la noche. Lo hará a la medianoche: comenzará por los siempre elegantes y vulnerables pinos. Un poco de gasolina será suficiente. Mira a sus padres que agarrados de las manos parecen haberse reconciliado: tarde, piensa, muy tarde. Mira a Patricia, que lo envuelve con su sonrisa entre enigmática y cómplice. ¿En qué estará pensando su hermanita, tan poco dada a la inocencia que le correspondería por edad? Cómo lo odia. El odio, por suerte, es mutuo.

Once y media de la noche. Las manos le tiemblan a Ricardo. Ya tiene en un bolsillo del pantalón una caja de fósforos y la lata de gasolina se halla a mano. Lo hará aprovechando un descuido, acaso una ida de sus padres y Patricia al baño o a la cocina. Hay miedo, pero también una sensación de anticipado, perverso placer. Mira a su padre: qué cara de imbécil alegría. Mira a su madre: qué total ausencia de la instintiva sabiduría maternal. Mira a Patricia: qué cara vacua, no presta a ser descifrada. Mira a las llamas: un escalofrío le recorre el cuerpo, una sonrisa se le hace en los labios.

A diez minutos de la medianoche, Ricardo va al baño. Acaso son los nervios, piensa. Encerrado en éste es cuando percibe el olor: el sensual, fascinante olor del fuego. Después, el agrio trepar del humo por las paredes. Trata de abrir la puerta, pero no puede: está trancada por fuera. Escucha los desesperados gritos de sus padres y todavía no comprende. Y recuerda la sonrisa entre enigmática y cómplice de Patricia, y comprende.

Sentado, espera el fin, tratando de reconocer con hidalguía la derrota.

Imágenes del incendio

El incendio comenzó por la madrugada y se propagó con una furia incontenible por los pastizales resecos que había dejado un verano sin lluvia por las colinas de Barranco; a las diez de la mañana se ordenó la evacuación de todo ese sector residencial de clase media–alta. Al mediodía, ante el esfuerzo casi inútil de bomberos no preparados para contener un fuego de semejante magnitud, comenzaron a arder las primeras casas que por décadas y décadas se habían erguido ostentosas, poco humildes, en barrios con la ciudad a sus pies por un lado, y por el otro el mar.

Era un espectáculo fascinante. Mi hermano y yo lo mirábamos por CNN, que desde la madrugada transmitía todos los pormenores en vivo. Hermosas escenas de perros y gatos atrapados por el fuego, entrevistas a desesperados burgueses llorando las fotos de familia incineradas y el desaparecido hogar construido a base de "tanto sacrificio", tomas dramáticas de bomberos intoxicados y de reporteros arriesgando la vida en aras de servir a la población, interrumpidas sólo por los comerciales: la regocijada señal de que ni siquiera las catástrofes detenían la marcha incesante del comercio.

Mi hermano había encendido el televisor temprano y había buscado CNN sin dilaciones: era un adicto a las noticias. Siempre afirmaba que las crueles y a la vez inofensivas imágenes de la realidad en CNN eran su telenovela, una telenovela mejor que cualquier otra. *Doscientos muertos en un terremoto en India: detalles en ocho minutos. ¿Quién asesinó a esta madre soltera? Descúbralo a las siete.* Yo salía de la casa cuando me atrapó la panorámica imagen, desde una cámara en un helicóptero, de Barranco rodeado por el mar y el avance del fuego. Una imagen hipnótica que conmovía también al reportero describiendo la escena con gastados superlativos que, gracias a una voz quebrada por la emoción, aparecían dignos, recubiertos de originalidad. Me senté al lado de mi hermano. No había nadie más en la casa. Mis padres y Eugenia se habían ido.

Después de un buen rato, recordé lo que sucedía y me quise ir. Se lo dije a mi hermano, pero no me escuchó, absorto como estaba en la casi mística contemplación de las imágenes. Me levanté, y entonces vi la toma de la hermosa casa blanca al borde del acantilado, y el fondo azul y celeste del mar y el cielo divididos por la raya del horizonte; un rápido corte, y entonces vi las llamas dando fin con el pasto y los árboles del elegante jardín de la casa. Me volví a sentar.

El periodista informó que se creía que todos los habitantes de la casa ya la habían evacuado. Yo sabía que estaba equivocado.

Viaje a Oxford

a W. F.

Después de leer los letreros que anunciaban la cercanía de Natchez Trace, Jorge le dijo a su padre que ya se hallaban a punto de entrar en reserva y que lo más conveniente era llenar el tanque antes de ingresar a dicho tramo, pues éste les tomaría por lo menos una hora y en él no encontrarían ninguna gasolinera. Su padre asintió. Mientras me encuentre en este país, dijo, tú decides. En Bolivia es otra historia. Jorge lo miró por un instante y supo que no había caso, que a pesar de todas sus esperanzas él jamás cambiaría. Apenas vio una gasolinera, disminuyó la velocidad.

Una vez apagado el motor del Chevrolet Cavalier rojo, Jorge le preguntó a su padre si quería algo. Un paquete de Marlboros, fue la respuesta. Jorge bajó del auto, llenó el tanque y entró a la tienda; se acercó a la cajera, una obesa mujer de alrededor de treinta años que poseía, como única y suficiente belleza exterior, un par de ojos verdes de conmovedora, intensa dulzura.

—Would that be all? —preguntó ella. Jorge pidió un paquete de Marlboros. Luego pagó.

—Have a nice day.

—You too —respondió Jorge, saliendo de la tienda y retornando al Chevrolet. Hacía calor, la humedad adhería la camisa a su cuerpo, las nubes se habían ido disipando a medida que avanzaba la mañana. Gracias, dijo su padre, y encendió un cigarrillo. Jorge reanudó la marcha.

—Allá vamos, Willy—dijo.

Jorge obtenía en cuatro días el B.A. en periodismo y su padre había venido desde Bolivia para asistir a la ceremonia. Con los exámenes ya finalizados y con lo poco por ver ya visto en Huntsville, la ciudad donde se hallaba su universidad, Jorge había propuesto viajar a Oxford, Mississippi, a conocer la ciudad de William Faulkner. Eran sólo cuatro horas de viaje. Su padre había aceptado a condición de no tener que manejar. Jorge se había emocionado mucho con la idea, tanto que la tensa felicidad del reencuentro con su padre y de la cercana graduación habían pasado por un momento a segundo plano: siempre había querido visitar la ciudad (y siempre algo se lo había impedido) del escritor que más admiraba, del hombre cuyo ejemplo lo incitaba a consumirse en noches y madrugadas escribiendo y a soñar con tornarse escritor algún día. Sin embargo ahora, en la Natchez Trace, rodeado de bosques de pinos y cada vez más cerca de Oxford, Faulkner se había escondido en algún recodo de su mente y sus pensamientos y sensaciones merodeaban en torno a su padre.

Su padre: repitiendo un gesto de adolescencia, lo miró de reojo. ¿Es que siempre lo tenía que mirar de reojo? Por un tiempo, después de recibir su llamado tres semanas atrás comunicándole que había decidido asistir a su graduación, Jorge había pensado en la posibilidad de una reconciliación. Tiene que haber cambiado, se decía, después de todo está viniendo. Hizo planes que incluían largas charlas en algún bar, al calor de buen jazz y cerveza de barril. Le contaría de sus planes y le preguntaría acerca de su vida: ¿cómo había sido su infancia? ¿Había participado en la revolución del 52? ¿Cómo había vivido su primer amor? ¿Y qué de sus años de exilio en Venezuela? ¿Todavía la amaba a su madre? Eran tantas las cosas que podía preguntarle que se sintió avergonzado de saber tan poco de él; sí, había sido un imbécil incapaz del primer paso. Recordó una tarde en que había golpeado a la puerta cerrada de su escritorio, y una voz quebrada le preguntó qué quería, y él dijo que si le podía dar algunos pesos para el cine, y la voz respondió que sí, por supuesto que sí, y cuando se abrió la puerta Jorge vio un rostro de inconsolable tristeza, pero al rato sintió las monedas en su mano y se despidió. Nunca más, hasta ahora, había vuelto a recordar aquel rostro.

En Natchez Trace, aquel día, la desolación era excesiva; uno que otro auto de rato en rato, una que otra ardilla. A los bordes del camino, en extraña y fascinante combinación, árboles secos color polvo, dignos del otoño, alternaban con el esplendor primaveral de árboles pródigos en verde. Jorge se hallaba cansado de manejar. Volvió a mirar a su padre que, en silencio, fumaba y contemplaba el paisaje. Pensó que si de algo estaba seguro era de no haber sido él el culpable del distanciamiento. Recordó el encuentro en el aeropuerto, el abrazo frugal, las escasas palabras; recordó los dos días siguientes hasta el día de hoy, el retorno de esa sensación de la inminencia de una comunicación que siempre tenía cuando se encontraba con su padre: comunicación que muy pocas veces se realizaba; en general, la elusividad los regía, las palabras no eran pronunciadas, los sentimientos no eran expresados. Él no lo hacía porque esperaba que su padre tomara la iniciativa: por algo era su padre. Y su padre, ¿por qué no lo hacía? Al venir hasta acá, ¿no lo había hecho? Esa había sido la primera conclusión, pero ahora Jorge no podía menos que pensar que su padre había decidido asistir a la graduación porque acaso intuía que estaba obligado a estar presente en ella. ¿Le importaba de veras? No, no lo creía.

Y aquí estaban, pensó Jorge, alejados del país y sin intercambiar entre ellos nada más que lo necesario, acaso contando los minutos para que la ceremonia de graduación concluyera y ambos pudieran retomar sus vidas.

Pensó increparlo, mirarle a los ojos y preguntarle qué cuernos le sucedía, si pensaba quedarse callado hasta el día de su entierro. Pero no, sabía que no lo haría: era incapaz de esos desbordes temperamentales. Reprimiría sus emociones. En ese instante, una idea lo estremeció: al reprimirse, ¿no ponía en movimiento una cualidad heredada de su padre? ¿No se parecía a él más de lo que se hallaba dispuesto a aceptar? ¿No se hallaban unidos por medio de una compleja relación especular? Y Jorge se imaginó a sí mismo dentro de veinte años, sentado en silencio y fumando al lado de su hijo, mientras éste manejaba un Chevrolet Cavalier rojo con dirección a Oxford, a la casa de William Faulkner.

—Hace años que no leo a Faulkner —dijo su padre. Pero tengo muy buenos recuerdos de él. Por un tiempo fue mi gran pasión.

—¿De veras? —dijo Jorge, sorprendido. Un Mazda los sobrepasó a gran velocidad, pudo distinguir que una mujer lo conducía.

—Sí. Fue en mis días de exiliado, cuando vivía en una pensión de quinta en Caracas. Tú tuviste suerte. Yo no tenía un centavo para extras y mi compañero de cuarto era un argentino que se la pasaba leyendo. Yo leía sus libros. Sólo recuerdo un montón de novelas de Perry Mason y otro tanto de Faulkner, qué combinación. Perry Mason me gustaba mucho: lo leía y punto, todo se acababa ahí. Faulkner era otra cosa, difícil de entender, pero magnífico, magnífico. Y, ¿lo creerías?, hay frases e imágenes que jamás pude olvidar. Recuerdo, sobre todo, un personaje: Bayard Sartoris. Nunca olvidaré su melancolía, sus alocados viajes en auto, en caballo, en aeroplano... También recuerdo *Palmeras salvajes*, sobre todo la historia de la pareja. Y *Santuario* y Temple Drake, así creo que se llamaba, ¿no? Y el cuento de la mujer que dormía con el cadáver de su novio. Y ese otro, el del establo que se incendió y el chiquillo que no sabía si ser fiel a su padre, al llamado de la sangre de la familia, o a sí mismo.

Hizo una pausa.

—Oh sí, Faulkner, el gran Faulkner —continuó—. ¿Sabías que por unos días quise ser escritor? Sí, estoy hablando en serio, el prosaico ingeniero que tú ves aquí quiso algún día ser escritor... Pero claro, lo único que hacía era remedar torpemente a Faulkner. Después de un mes de hacer el ridículo conmigo mismo y con mi compañero de cuarto, renuncié. Y, lo que es la vida, al año el argentino se fue y nunca más volví a leer a Faulkner. Pensé hacerlo varias veces, pero nunca lo hice, Y ya ves, treinta años pasaron como si nada y jamás lo hice.

Jorge quiso decir algo. Pero no supo qué.

—Tu pasión por Faulkner me hizo recordar mucho esos días—, continuó su padre, que hablaba sin dejar de mirar hacia el horizonte—, pero espero que tú seas diferente. Nunca me mostraste tus escritos, pero confío en que tú no renunciarás. Confío en que lo tuyo no sea pasajero, y en que escribirás las cosas que yo no pude escribir. Y volverás a decir a todos, porque es necesario volverlo a decir de tiempo en tiempo, que entre el dolor y la nada es necesario elegir el dolor. Que amor y dolor son una misma cosa y quien paga barato por el amor se está engañando. Que no hay mejor cosa que estar vivos, aunque sea por el poco tiempo en que se nos ha prestado el aliento.

Jorge se desvió del camino y apagó el motor.

—Papá... —dijo—. ¿Me puedes mirar?

El padre, lentamente, giró el cuello y enfrentó sus ojos cafés a los ojos cafés de Jorge.

—Papá.

—¿Sí?

—Nuestra relación no ha sido lo que podría llamarse una relación ejemplar, ¿no?

—No tenía por qué haberlo sido. ¿Conoces alguna?

—Pero podía haber sido mejor.

—Podía.

—¿Ya es tarde?

—Hay cosas de las que es mejor no hablar.

—Te quiero mucho, papá. Muchísimo.

—Ya lo sé —dijo el padre, y le tomó el hombro derecho con la mano izquierda. Fue una caricia suave y fugaz—. Ahora vuelve a manejar.

—Me gustaría charlar un rato.

—Podemos charlar mientras manejas.

Jorge hizo una mueca de disgusto, encendió el motor y reanudó la marcha.

El disgusto, sin embargo, no duró mucho. Al rato, a la vez resignado y optimista, pensó que las cosas se habían dado de esta manera y que de nada valía lamentarse por lo que no sucedió: no, no valía la pena amargarse por todas las palabras no pronunciadas y todos los sentimientos no expresados; más bien, todo ello le daba más fuerza y significado a los escasos encuentros que se daban entre ellos. Pensó en Faulkner. Habrán más Faulkners, se dijo. Es cuestión de excavar.

Luego pensó que lo único que estaba haciendo era racionalizar una situación sin salida para hacerla de ese modo soportable. ¿Eso era lo que estaba haciendo? La posibilidad existía, y no le hubiera sorprendido si ella fuera verdad, pero era muy difícil arribar en ese momento a una conclusión definitiva. Necesitaba analizar las cosas con calma. Necesitaba tiempo.

Enfrentando con la mirada la excesiva e intimidatoria belleza que los cercaba, Jorge dijo en voz alta que el día era muy hermoso.

—Si —dijo su padre—. Muy hermoso.

Y Jorge hizo una sonrisa ambigua, acaso sincera, acaso irónica.

MI ESPOSA Y YO

Son las once y media de la noche del viernes y a esta hora, como todos los viernes, mi esposa está haciendo el amor con un desconocido. Lo sé porque, una vez más, a las siete comenzó a cambiarse, se puso la ínfima ropa interior *Calvin Klein* que sólo utiliza en ocasiones especiales, el escotado vestido rojo, los zapatos rojos de taco alto y perfume en exceso. Media hora después vinieron a recogerla sus amigas en un BMW deportivo, ya borrachas, ya estridentes, y ella se despidió de los chicos y de mí con ligereza y prometió volver temprano.

Me quedé con los chicos viendo televisión hasta las diez, luego los acosté y me puse a imaginar dónde y qué estaría haciendo ella. Estaría en alguna whiskería sentada con una copa de vino blanco en la mano, la mirada agresiva, los labios recorridos con malicia por su lengua y las piernas cruzadas derrochando provocación. Los minutos pasarían y no faltaría alguien. No faltaría. Luego, acaso en el auto, o en una pieza de motel con la voz de Julio Iglesias de fondo, o en un departamento o en una casa providencialmente vacía.

Una vez más llegará a las cuatro de la mañana con el vestido arrugado, el maquillaje corrido y un insoportable olor a alcohol y perfume de hombre. Ella me creerá dormido y la veré desnudarse a la luz de la lámpara de su velador, veré en su cuerpo las marcas de un sexo urgente, intenso, desbordado, casi animal, las huellas del goce que acaso también se hallen en los ojos que no podré ver. Se acostará a mi lado y simularé despertarme debido al movimiento de la cama. Trataré de abrazarla y ella se apartará de mí. Le susurraré una proposición audaz y ella me responderá que no, se halla muy agotada, puede que mañana. Siempre igual, puede que mañana, puede que pasado.

Podría hacer en este instante mis maletas e irme, olvidarlo todo y comenzar de nuevo en algún otro lugar. Pensamientos vanos; sé que no sería capaz de dejar solos a los chicos, y también sé que jamás podría dejar de aferrarme a la tenue, casi difusa esperanza de que, alguno de estos días, ella cambie y retornemos al amor, a la fidelidad de los primeros años. Por lo tanto, a las once y media de la noche del viernes intento comenzar a leer una novela de Manuel Puig y trato de no pensar en unos zapatos rojos y ropa interior *Calvin Klein* tirada en el suelo, en un escotado vestido rojo hecho un ovillo al lado de la cama, en mi esposa haciendo el amor con un desconocido.

Los amores

AMOR IMPOSIBLE

Es el estreno de *Amor imposible*, del renombrado dramaturgo nacional Luis de Urquiza. El teatro Achá se halla colmado de espectadores, que han acompañado el cierre de los dos primeros actos con estruendosas ovaciones. Ahora, en el tercer acto, se aprestan a presenciar el clímax de la obra: Marcos debe besar a Claudia para sellar con ello el imposible amor de dos adolescentes que pertenecen a familias enemigas desde hace cuatro siglos, los Montanar y los Barletto.

En el escenario, Roberto Vásquez, el actor que encarna a Marcos, piensa mientras se acerca a ella, que lo espera en un supuesto claro de un supuesto bosque: "No podré disimular. Apenas nuestros labios se encuentren ella sabrá que este beso no es actuación, que la amo hasta el extravío. Qué curiosa inversión: yo aquí en el escenario diciendo y haciendo cosas que realmente siento, y mirándome un público que en realidad no está interesado en la obra, que está actuando, que se queda en silencio mientras actuamos y aplaude cuando caen las cortinas porque cree que ése es el papel asignado a un público de teatro".

Roberto la besa; ella se da cuenta al instante de la verdad de ese beso y forcejea por liberarse de esos labios que atrapan a los suyos como una araña lo haría con un insecto en su telaraña; cuando lo logra, le da un sopapo y sale a pasos largos del escenario, profiriendo maldiciones. Roberto balbucea, el telón cae y los aplausos son una magnífica explosión en la noche. Se abre paso entre las cortinas que forman el telón y se enfrenta al público, que acrecienta la explosión. Con un gesto los hace callar. Y luego comienza a aplaudirlos, primero lentamente, luego con furor. Los aplaude hasta que siente un insoportable dolor en las palmas de las manos. Luego se da la vuelta y se pierde entre las cortinas.

Después de la ruptura

Esta es una ciudad muy chica pero después de la ruptura ella y yo nos la hemos ingeniado para vivir sin encontrarnos, porque con las palabras podemos mentir pero no con el encontrarse de nuestras miradas, que siempre han disipado las dudas; ahora, ninguno quería que se disiparan las dudas, tan orgullosos los dos, tan dispuestos en tornar absurdo el simple y puro juego del amor.

Al comienzo nos encontrábamos con frecuencia, producto de pertenecer a un mismo círculo y frecuentar los mismos lugares. También los amigos comunes, que ansiaban la reconciliación acaso más que nosotros, nos tendieron trampas una y otra vez. Pero era inútil: ella no reconocería la equivocación y pediría perdón, yo no la perdonaría. De todos modos era mejor evitar los encuentros: siempre había en ellos la posibilidad de quiebre de alguno de los dos orgullos, y ni ella quería ser la primera ni yo tampoco.

Poco a poco, durante estos seis años nos hemos ido repartiendo la ciudad y el tiempo y ahora el encuentro es imposible. Sé que el martes a las once y media de la mañana ella está comiendo salteñas en *El Canguro,* mientras yo me encuentro con mis amigos en El Prado. Sé que los miércoles a las seis de la tarde yo estaré en la puerta de la heladería *Gelato* mirando pasar los autos, pero a las seis y doce deberé voltearme porque ella pasará de regreso de su trabajo.

Un jueves el *Bungalow* es para ella, el siguiente jueves es mío. Ella va a bailar los viernes a *Reflejos,* yo voy los sábados. Los domingos por la tarde ella va a comprar empanadas a *Las Carmelitas*, yo debo contentarme con un poco de televisión y con esperar el regreso de mi hermano con las empanadas, porque ese vicio lo contraje en el tiempo en que estábamos juntos y un domingo sin ellas no es domingo. Así, cada minuto de nuestras vidas está planificado con el fin de evitar el encuentro. Lo hacemos muy bien. Somos dignos de admiración.

Cada vez la amo más.

Las mentiras

La primera vez que te mentí fue cuando te dije que te amaba. Me miraste a los ojos y me creíste. Qué ingenua que eras. Después vinieron otras mentiras, todas derivadas de esa mi tendencia a decir las cosas que todo el mundo dice, a prometer las cosas que todo el mundo promete, a ser uno más atrapado por el conjuro de las magníficas frases de efecto, esas que de tanto ser usadas ya extraviaron su sentido. O acaso jamás lo tuvieron. Nunca te dejaré de amar. Siempre podrás contar conmigo. Contigo hasta después de la muerte. Esa retórica barata, esas estupideces.

También te mentí el día en que te dije que me quería casar contigo. Tú sabes, uno no ha terminado de pensar y ya la frase está dicha. En fin. Luego vino el matrimonio, luego sí, quisiera tener un hijo tuyo, otra mentira. También hubo esa convencional promesa de fidelidad, claro que sí, jamás se me ocurriría. Por supuesto, puedes confiar ciegamente en mí. Por supuesto, siempre te voy a respetar. Vaya con las palabras, siempre tan fáciles de ser pronunciadas, siempre tan útiles en esa tarea cotidiana de enmascarar la verdad.

Luego comenzaron los rumores. No, no tengo amante, cómo te atreves a desconfiar de mí. No, no tengo un hijo con otra mujer; si lo único que imagino y deseo y amo eres tú, si en lo único que pienso es en ti, you were the first to be the last. Me miraste a los ojos y me creíste. Qué ingenua que eras.

Una mañana apareciste envenenada. La policía, con la ayuda del forense, dictaminó suicidio. ¿Me creerías si te dijera que yo no fui? Oh, sí, me creerías. Las cosas que uno cree en nombre del amor, la absurda ceguera, la imbecilidad. Debes reconocer, al menos, que la culpa fue tan tuya como mía.

Es cierto, también te dije que si algo te pasaba yo no podría sobrevivir solo, la vida también terminaría para mí, en menos de dos semanas te seguiría. Pero, ¿es que fuiste realmente capaz de creer esa extravagancia, esa frase de adolescente en la gloria del primer amor? Oh, sí, me miraste a los ojos y me creíste. Fuiste capaz. Ya han pasado ocho años y aquí estoy todavía, escribiendo esta historia. Estoy solo en mi habitación y te extraño demasiado. No sabes la falta que me haces. No sé qué hacer sin ti. ¡Bah! nunca aprenderías.

En fin, debo reconocer que te he mentido mucho.

La obra

Una vez más mis lectores estarán leyendo una de mis obras, esta obra, como si fuera una ficción más, ausentes del hecho de que los escritores, tan arteros, tan basura, nos escudamos en la mentira para decir nuestras verdades. Porque estas líneas van dirigidas a ti, sólo a ti, como lo fueron todas mis líneas desde el momento de la separación, cuatro años atrás. Ahora te lo digo sin vueltas, presa del furor de saber que tú también leíste mis obras como si fueran literatura, no entendiste las metáforas, se te escaparon las sutilezas y las indirectas, no escuchaste el grito desgarrado que encerraba cada una de mis palabras, cada uno de mis signos de puntuación.

Sé que vas a leerme pero no sé las razones. Puede ser curiosidad, puede ser exclusivo interés en la literatura (sé que, al menos, la respetas desde el día en que te di a leer *Memorias de Adriano*), puede ser una suerte de homenaje nostálgico (tú, coleccionista de recuerdos) al tiempo en que estuvimos juntos. Sea cual fuere la razón, lo importante, lo imprescindible es que me leas y te enteres, ya que no pudiste hacerlo por cuenta propia, que toda mi obra está escrita pensando en ti, alimentada por la única obsesión digna de ser tomada en cuenta, la del amor.

Por ejemplo, cuando escribí mi ensayo acerca de los agujeros negros, lo hice pensando en que la poderosa fuerza de atracción que ejercen esos cuerpos es igual (o acaso inferior) a la que me tiene entregado a ti, girando a tu derredor sin poder huir de tu influjo. En mi poema *La llama*, imagino que no te has debido dar cuenta, como nadie lo hizo, que el verso "inalterable por el altiplano" en ningún momento se refería a una cualidad de esos pintorescos auquénidos, sino a mi amor que permanece inalterable a pesar de todo. A pesar de todo. Y de mi cuento *José el destripador*, en el que los críticos se han visto sorprendidos por la ausencia de motivos que justifiquen la conversión de José, pacifista desmedido, en criminal desaforado, te puedo aclarar que, por supuesto, no puse el motivo porque te hubieras dado fácil cuenta de mis intenciones, hubiera sido muy obvio y a mí me desagradan las obviedades, sin duda alguna José decide matar a toda mujer que encuentre en su camino porque la mujer que ama lo ha abandonado y cada uno de sus crímenes es una forma de demostrar su amor, de llamar su atención. También te menciono que la frase final de mi novela *La estación del caos*, en la que el personaje principal se enfrenta al viento y exclama con furia: "¡Vete al carajo!" ha sufrido diversas interpretaciones metafísicas, el sentimiento trágico de la vida, la angustia de la existencia, el hastío, pero nadie ha entendido que el viento es una metáfora que te representa, huidiza, imprevisible, y soy yo quien te está mandando al carajo, desahogo de tiempo en tiempo necesario, impotencia de saber que te perdí y de nada sirven mis intentos por recuperarte. En fin, los ejemplos no se me acaban porque tu presencia signa cada una de mis palabras.

Pero ya estoy saturado de tu ineptitud para descifrar mis mensajes. ¡Saturado! De modo que he escrito una poesía que consta de cuatro versos, que los críticos califican de enigmática y que dejará perplejos a mis lectores, los hará agotar días y días a la caza de la interpretación. Una poesía que necesitas entender si quieres que te siga amando, porque puedo perdonar la falta de sutileza, la incapacidad para la asociación de ideas, pero no la estupidez. El resumen de mi obra, el sentido de mi vida, las palabras después de la cuales sólo resta el silencio.

Vuelve a mí
Te necesito
Te amo
Vuelve a mí.

Cuento de hadas

Porque siempre creí en los cuentos de hadas, decidí mantenerme virgen a la espera de mi príncipe. Una noche me desperté con un beso: era él; se deslizó en mi lecho e hicimos el amor. Pensé: "Se quedará conmigo. Le he entregado mi cuerpo".

A la mañana siguiente, él ya no estaba.

Penélope

Ernesto conoció a Nicola en Amberes un martes a la hora del crepúsculo, cerca de la catedral sitiada por turistas deseosos de conocer una catedral sitiada por turistas; él se dirigía a su departamento después de clases de economía internacional cuando ella lo detuvo y le preguntó por el camino más corto para llegar a la casa de Rubens; él, al responder, miró el rostro y encontró los grandes ojos grises y las cejas pobladas y no quiso separarse más de ella. Una charla breve lo enteró de que ella viajaba por Europa en tren y no tenía dónde dormir esa noche; después de explicarle que a esa hora Rubenshuis ya estaba cerrada, le ofreció un espacio en su living y mostrarle Amberes al día siguiente. Ella aceptó: ése fue el inicio.

Esa noche, casi sin palabras y de una manera tan natural que terminaba por parecer exageradamente innatural, ambos se descubrieron atraídos el uno por el otro; después del primer beso, en la cocina luego de una cena de tallarines y vino blanco, él quiso teorizar y llamar a lo que les sucedía amor a primera vista; ella se rió con un tono burlón y le pidió un pacto de silencio con respecto a definiciones acerca de lo que les ocurría. "Dejemos hablar al viento", dijo, y a Ernesto le gustó la frase, la encontró muy original. Después, dejaron hablar al viento. A las cuatro de la mañana, sólo el agotamiento físico logró hacerlos dormir.

El miércoles, el conocimiento que Nicola logró de Amberes se redujo al departamento de Ernesto, del cual no salió hasta la noche, en que de manera intempestiva se levantó de la cama y decidió continuar viaje pese a los ruegos de Ernesto, el tren a Berlín partía en una hora. Mientras se lavaba la cara balbuceó una promesa de un pronto retorno, y él no supo si llorar o creerle. Después de agotar imploraciones, decidió creerle. Quiso saber más de ella antes de la pronta despedida pero ella permaneció en la reticencia. No quiso decirle cuál era su apellido, ni darle su dirección o su teléfono, ni tan siquiera el nombre de la ciudad donde vivía. Arregló su cabellera rubia, se colocó un pantalón azul sucio y raído, ordenó sus escasas pertenencias en su mochila y trató de susurrar una despedida. Ernesto no la dejó; acaso recordando grandes momentos románticos del cine, le dijo que la acompañaría a la estación. Al rato, ambos salieron a la llovizna de la noche.

En la estación, hubo abrazos y besos apasionados; también, la promesa de ella de mandar una postal de cada ciudad que visitara hasta el día de su retorno a Amberes; también, la promesa de él de ser su Penélope en la nueva Itaca, de aparentar dedicarse a sus estudios y al presente mientras en realidad se dedicaba a esperarla. El tren a Berlín llamó por última vez a sus pasajeros, y Nicola lo abordó y él intentó buscar su rostro en los rostros de emociones dispersas en las ventanas, y no lo encontró. Mientras el tren desaparecía de la estación, Ernesto tembló ante la visita vívida de la imagen de los dos lunares que había encontrado yaciendo juntos en el seno izquierdo de Nicola.

Después vinieron, crudos, implacables, días y más días ausentes de Nicola. Era febrero, y Ernesto terminaba su año de intercambio en la universidad en mayo, para luego retornar a Bolivia; pero, ¿retornaría, si hasta esa fecha no retornaba ella? Tenía la certeza de que no lo haría. Bolivia se había esfumado repentinamente de su vida, así como se habían esfumando su familia, sus amigos, la misma universidad. Poco a poco dejó de asistir a clases, de salir de su departamento hacia calles siempre ajetreadas, bares siempre alegres y bulliciosos. Lo suyo era una obsesión, lo sabía, pero no podría hacer nada por combatirla: ¿y si en una de esas salidas regresaba Nicola y sucedía el desencuentro? Mejor quedarse en ese microcosmos de empapelado barato y una radio de locutores que hablaban un holandés que le era incomprensible, a lo sumo escaparse hacia el supermercado de la esquina o hacia el buzón del correo que deparaba, ominosas en su constancia, postales que en el anverso enseñaban que aunque una ciudad no fuera fascinante, un fotógrafo de clase podía lograr que lo fuera, y en el reverso nada más que su nombre y su dirección escritos en letra infantil, ni una línea más de ella, ni siquiera un saludo de compromiso, una frase de ocasión, maldita sea mil y más veces. ¿Y cómo enojarse con ella? Después de todo, ella no había prometido escribir sino enviar postales.

Mayo llegó pero ella no. Las ciudades, que habían elaborado un abanico desde Alemania a España en el mapa en que Ernesto trazaba su trayectoria, se habían tornado africanas por ese entonces. Ernesto, que había perdido el año en la universidad, logró con descaradas mentiras que la generosidad de sus padres se convirtiera en estupidez y fue obsequiado con el financiamiento de un supuesto viaje cultural por Europa. Con ese dinero, y con el que obtuvo vendiendo muebles y utensilios de su departamento hasta quedarse nada más que con un colchón en una esquina de su dormitorio y una lámpara de noche, pensó que le alcanzaría para subsistir hasta diciembre. Ya en esos días tenía la barba crecida y solía pasar horas enteras tirado en el parkett mirando al techo del living; lloraba seguido, farfullaba himnos militares aprendidos en su adolescencia, y en las noches tenía el sueño recurrente de que ella había muerto en el descarrilamiento de un tren. Un día un amigo peruano lo visitó de sorpresa y lo encontró desnudo masturbándose; Ernesto lo miró con los ojos vacuos, incapaz de reconocerlo, y el peruano se fue y no volvió más.

En noviembre retornó la esperanza, cuando las primeras postales del sur de Italia empezaron a llegar. Ella emprendía el retorno, ella pronto estaría por aquí. Sin poder contener la euforia, fue trazando en el mapa las líneas que le indicaban esas imágenes rectangulares que simulaban la realidad con desenfadado artificio: Napoli, Roma, Firenze, Venecia, Viena, Munich, Heidelberg, Amsterdam, y el primer lunes de diciembre, Bruselas. ¡Bruselas! A sólo cuarenta minutos de Amberes... Con la seguridad de que ella llegaría esa semana, ese día él se afeitó, compró un barato vino blanco, y barrió el polvo interminable y las ubicuas pelusas que creaban surreales animalillos en el departamento. Antes de dormir, pensó que no había cumplido con la promesa que le había hecho a Nicola en la estación, de aparentar dedicarse al presente mientras se dedicaba a esperarla. No había aparentado nada, se había descolgado del tiempo y del espacio por casi todo un año. Las cosas que uno hace por amor, fue la última frase que dijo con orgullo antes de caer en el sueño.

El martes, nada sucedió.

El miércoles, Ernesto recibió una postal de Amberes. ¡Ella estaba en la ciudad! Presa de la excitación, su primer impulso fue tratar de descifrar el matasellos de tinta desvaída y correr hacia ese lugar, pero sus esfuerzos fracasaron. No le quedaba más que esperar. Se dedicó a caminar con frenesí de un lado a otro del departamento mientras el sudor humedecía su cuerpo y su ropa. Al más mínimo ruido en el pasillo afuera de la habitación, corría hacia la puerta y la abría con fuerza. Nada. La noche llegó sin rastros de Nicola.

El jueves, la tensión le hizo pensar repetidas veces en el suicidio. Pero decidió esperar.

El viernes, vació la botella de vino y vomitó al mediodía y al atardecer.

El sábado, alrededor de las once de la mañana, Ernesto recibió una postal de París y repentinamente comprendió todo. Comprendió que ella seguiría su viaje por el resto de su vida porque ése, no el de Ulises, era su destino. Comprendió que Amberes jamás había sido la nueva Itaca, tan sólo un punto más de un itinerario azaroso. Comprendió que él jamás había oficiado de Penélope, que su rol había sido tan sólo el de magnífico imbécil engañado por el amor. Arrojó la postal al suelo, y bajo un pálido sol fue a caminar sin rumbo por las calles de la ciudad. Pensó que ya era hora de retornar a Bolivia. Se sintió en paz: la decepción había llegado, pero también la lucidez.

Pero apenas se encontró nuevamente en su departamento, a la hora del crepúsculo, la imagen de Nicola volvió a él con fuerza, y, tratando de contener las lágrimas, tuvo miedo del futuro.

Lena

a R.

Esta es una de las escasas noches de mi vida que desafiará el olvido. Lena y yo hemos ido a cenar festejando nuestro primer año juntos, y después del brindis con vino blanco y los tres deseos de rigor y mis planes en voz alta para ella y para mí, decidimos venir a esta discoteca, el lugar de nuestro primer encuentro, el origen de la cartografía de nuestro amor.

Lena se halla frenética esta noche y lo único que quiere es bailar. Frenética y hermosa: en la pista, entre fragmentos de sombra y de luz, escudada por el humo que se desprende desde el cielorraso, el movimiento de su cuerpo me sume en la perplejidad, me hace olvidar el derredor: el vestido negro que termina donde se inician los muslos ciñe los senos y la cintura con atroz sabiduría, exhibe la sinuosidad de los contornos con descarada lucidez; las piernas largas y oscilantes sin cesar, de músculos tensos, son una afrenta a mi cordura; está descalza, una pañoleta roja atada a su tobillo derecho; en su muñeca derecha tintinean dos pulseras de plata, en la izquierda se encuentra el reloj cruzado por franjas blancas y negras que le regalé en su cumpleaños; cuando acerco mi rostro a su cuello puedo percibir en él, producto del esfuerzo, las venas henchidas; la exuberante cabellera negra jamás domesticada, los pómulos salientes, la nariz recta, los ojos cafés pequeños y protegidos por pestañas inmensas, las pobladas cejas oblicuas, los gruesos labios de rojo violento inconscientes del erotismo que exhalan en su perpetuo movimiento, al abrirse para reír, al cerrarse para fabricar un mohín, al extenderse para hacer el gesto que entre todos la identifica más, todo ello me cautiva: soy, esta noche, su prisionero: soy, esta noche, suyo.

Mientras baila la contemplo y leo en el movimiento de sus brazos nuestro futuro. Cuando los extiende hacia ambos lados tratando de alejarlos lo más posible de su centro de equilibrio, descifro que nos casaremos a fin de año. Cuando los va juntando lentamente hasta que las palmas de las manos se encuentran dirigiendo hacia mí una ficticia plegaria, descubro que tendremos tres hijos, uno de ellos se llamará Sergio, el otro Jaime, la menor Estefanía. Cuando, mientras el resto de su cuerpo continúa en el frenesí, sus brazos se congelan elaborando diversas imágenes, uno hacia delante y el otro hacia atrás, uno hacia el cielo en un ángulo de ciento veinte grados y el otro hacia tierra en línea recta, apenas la muñeca desplazando la mano de la vertical, los dos brazos cruzados delante de su rostro separando su mirada del resto, aislándola, descifro que seremos una pareja feliz, dirigiremos nuestra relación hacia el ideal del entendimiento mutuo, del respeto, de la fidelidad, y yo finalizaré mis días un día de agosto del cual ya tengo memoria, en París bajo aguacero, y ella hará lo mismo menos de una semana después, tal como me lo había prometido. Oh, sí: en sus brazos puedo leer nuestro futuro.

Pero de improviso, a las dos y cuarto de la mañana, como una ola ingresando en la playa y desvaneciendo las marcas dejadas en la arena por las parejas de la noche anterior, un sutil movimiento de su brazo derecho, una apenas perceptible torsión de la muñeca, esfuman los mensajes anteriores y me permiten descifrar que todo acabará esta noche. Entonces puedo comprender su frenesí como un homenaje a las últimas horas juntos, interpretar sus sonrisas y sus besos como una suprema actuación de despedida.

Todo acabará esta noche: Lena se fugará de mí, y, acaso sabiéndolo, acaso sin saberlo, me lo está diciendo a través de su brazo derecho, de la apenas perceptible torsión de la muñeca.

A las tres de la mañana, en el parqueo vacío, bajo la noche asidua en constelaciones, le propongo, entre sonrisas traviesas y miradas audaces, hacer el amor sobre el capó del auto. Ella, por supuesto, acepta sin titubeos; yo sé por qué lo hace, ella no sabe que yo lo sé. Y es tan fácil tenderla sobre el capó y recogerle el vestido hasta la cintura, y despojarla del minúsculo calzón negro y concentrar en esos instantes toda mi vida, el pasado, el presente y el futuro, los fracasos y las glorias, el esplendor y la desolación, la plenitud y el vacío. Y ella es tan dócil y tan suave y tan para mí pero no digo nada, estoy en el paroxismo del amor pero me recluyo en el silencio.

Apenas estaciono el auto en la puerta de su casa y apago el motor, ella me mira y me susurra:

—Roberto...

—No digas nada. Ya lo sé todo...—respondo, también en un susurro, mirándola.

—¿A qué te refieres?

—Sabes a qué. No te preocupes. No digas nada. No digas nada.

—Roberto, por favor... Me gustaría explicarte...

—Una explicación volvería todo esto muy convencional. No digas una palabra más. Déjame en el misterio.

—Como tú quieras.

Ella extiende su brazo derecho y me acaricia la mejilla izquierda. Luego desciende del auto sin dejar de mirarme, acaso perpleja, acaso no. Luego parto. Antes de doblar la esquina la miro por el retrovisor una vez más: ella está agitando sus brazos a manera de despedida. En esos movimientos puedo descifrar que ésta es una de las escasas noches de mi vida que desafiará el olvido.

Escritura en la pared

En el baño del café un hombre alto y vestido con elegancia escribe sin cesar en una de las paredes. Yo termino de lavarme las manos pero no puedo abandonar el recinto: la curiosidad me impele a intentar leer de reojo las palabras escritas con un lápiz labial de color rojo violento, las líneas que amenazan cubrir pronto toda la pared: el hombre alto está ahora hincado, prosiguiendo su labor ajeno a mí. Un momento después pierdo el recato y empiezo a leer sin disimulo, vencido una vez más por la magia de cualquier escritura –los anuncios de los afiches en las calles, las arrugadas hojas de periódicos arrastrados por el viento, las instrucciones para abrir latas de sardinas que jamás probaré–. Leo: *En las noches lo extraño. Pero no sólo en las noches. En el día también. Se fue. Sacó sus cosas del departamento y se fue. Las velas se apagarán por sí solas en el atardecer de abril. Exploraciones inconclusas, telas que se rompen en el viento, contaminaciones, amor. Amor. En el día también. Qué será de los caballos salvajes. Que será.* Su cabeza me cubría algunas palabras; me acerqué hacia él, tratando de continuar la lectura. Fue en ese instante que él me percibió.

Se incorporó, y me ofreció un rostro estragado, unos ojos que habían llorado hace poco, unas ojeras que traducían noches sin sueño, y los labios más finos y hermosos que jamás me había sido dado mirar. Se acercó hacia mí. Yo no hice ningún movimiento. Se apoyó en mi pecho; yo no hice ni dije nada. Comenzó a llorar. Sus lágrimas me lastimaban: intenté consolarlo acariciándole la cabellera negra. ¿Qué otra cosa hacer? ¿Qué decir? Era obvio, las palabras no se habían inventado para momentos como éste. Desde el otro lado de las paredes se oía la voz de Sinead O'Connor. Deseé que no entrara nadie: no quería la interrupción de algo que, lo intuía, pasaría a formar parte de ese puñado de historias que uno recuerda y tergiversa (recuerda: tergiversa) cuando necesita cerciorarse o cerciorar a los demás de que sí, sucedió algo en ese relámpago de tiempo que media entre el nacimiento y la muerte.

El hombre colocó su rostro a diez centímetros del mío y me dijo, sin dejar de abrazarme:

—Me dejó. Me dejó.

—Todos los hombres son iguales —dije, sintiendo que, esta vez, el cliché se justificaba.

—No. Él era diferente. Él es diferente.

—En cierto modo, todos los hombres son diferentes– por lo visto, era la noche de las frases célebres.

—¿Qué voy a hacer ahora?

—Siempre habrán otros. El amor aparece cuando uno menos lo espera, y donde uno menos lo espera. Nadie es imprescindible —dije, serio.

—Él es. Lo es para mí —me miró con una furia súbita, como si yo me hallara profanando los dogmas sagrados de su religión—. Usted no lo conoció. Usted no sabe nada del amor.

—Puede ser —dije, procurando que mis palabras sonaran naturales, nada agresivas. Él me miró como si estuviera a punto de insultarme, pero luego, como si hubiera decidido que insultarme sería rebajarse, se separó de mí, hizo un gesto de desdén, me dio la espalda y salió del baño.

Tardé un rato en reaccionar. Cuando lo hice, miré hacia la escritura en la pared para terminar de leerla, mientras escuchaba los vozarrones de dos hombres que acababan de entrar al baño y hablaban con lascivia de las cosas que les harían a las dos mujeres que los estaban esperando en la barra del café. *Qué será, leí. Tan puro, tan sublime, tan todo, para qué. Nada. Nadanadanadanada. ¿Cuándo comenzará el invierno?*

Al salir del café, dos horas después, llovía y un viento fuerte arrastraba las gotas de agua y los escombros de basura que la semana había acumulado en las esquinas. Yo todavía pensaba en los labios finos del hombre alto y elegante.

Las ciudades

El general

Nací cuando el dictador ya había finalizado su obra mayor: el país ya llevaba su nombre, General Ricardo Salvatierra; los nueve departamentos del país también llevaban su nombre, y de la misma manera las noventa y cuatro provincias y las calles y avenidas y autopistas de cada una de las ciudades, y los puentes y las plazas y las estaciones de ferrocarril, y aeropuertos y ríos y montañas y todo aquello digno de tener un nombre en el territorio nacional. Todas las estatuas eran él, y en los libros de historia se aprendía que las batallas de la Independencia habían sido ganadas por los generales Arturo y Luis Salvatierra, sus antecesores, nuestros heroicos libertadores, colaborados por sus edecanes, un tal Simón Bolívar y un tal Antonio José de Sucre.

Nuestra generación, resignada, debió aprender a vivir en esa maraña de similitudes. En los exámenes, por ejemplo, ya no era necesario aprender los nombres de los ríos: debíamos dibujar su curso, mencionar su extensión y ancho y profundidad. Para reconocer de qué departamento hablaba el profesor debimos volvernos expertos en inflexiones, medios tonos, vocales alargadas, eses susurrantes, tes explosivas o implosivas. Pronto aprendimos a diferenciar entre el departamento General Ricardo Salvatierra y el departamento General Ricardo Salvatierra y el departamento General Ricardo Salvatierra. En el fondo no era difícil: sólo era necesario tener oído y una buena dosis de sutileza. Lo dificil fue soportar la convivencia con ese nombre: ¿cómo no recordar cada vez que lo utilizábamos, y no pasaba un minuto sin ello, por un simple proceso de asociación de ideas, las matanzas de Catavi y San Juan, los campos de concentración de

Terebinto y Ayo-Ayo? ¿Y las deportaciones en masa y la censura de prensa y la desaparición de opositores al régimen? Imposible no recordar. Imposible.

Es cierto, todo eso terminará este año: el General, acaso acosado por los sentimentalismos de la vejez, ha decidido retirarse después de cuarenta y tres años en el poder y ha convocado a elecciones para noviembre. Sin embargo, sea quien sea el elegido, los nombres no serán cambiados: son nuestra única atracción, nuestra única fuente de ingreso; atraídos por ellos, los turistas nos desbordan día tras día, nos permiten sobrevivir en un país que no produce nada; ¿quién no va a querer conocer un país en el que uno se puede citar en el café General Ricardo Salvatierra de la calle General Ricardo Salvatierra, esquina calle General Ricardo Salvatierra? Ah, ellos se divierten. Nuestra rutina es su laberinto, nuestra angustia su pasatiempo.

La generación de mi hijo vivirá, hasta el día final, con la misma angustia de nuestra generación. La generación del hijo de mi hijo, acaso, vivirá también con esta angustia. Y las generaciones se sucederán y algún día llegará una para la cual, pronunciar el nombre del General no le producirá ninguna sensación, ninguna imagen atroz, no será reminiscente de nada. Para ella, sólo para ella, escribo estas líneas.

LAS DOS CIUDADES

Debido a la negativa de los cochabambinos a usar su ciudad como set de filmación por espacio de once meses, los productores de la miniserie "Pueblo chico, caldera del diablo" decidieron no escatimar recursos y construir una réplica de Cochabamba, del mismo tamaño que la original. Después de dos años de trabajos ininterrumpidos, la réplica fue concluida con una exactitud que desafiaba a cualquier observador imparcial a discernir cuál de las dos ciudades era en realidad la original. En la nueva ciudad no faltaba nada de la esencia de la ciudad fundada en 1574, caótico urbanismo, deprimente mal gusto, calles de pavimento destrozado, suciedad, pobreza.

La miniserie fue filmada en cuatro meses y el escenario fue abandonado: todo hacía preveerle un destino de pueblo fantasma. Sin embargo, su cercanía de Cochabamba (veinte minutos) comenzó a proveerle de visitantes los fines de semana. No se sabe cuándo se instalaron en él los primeros habitantes, lo cierto es que apenas iniciado, el flujo no se detuvo: a fines de 1988, Cochabamba se había convertido en una ciudad fantasma. Todos sus habitantes vivían ahora en la ciudad réplica.

¿Por qué los cochabambinos han cambiado su ciudad por una copia exacta, no por algo mejor o peor? Se han arriesgado sinfín de explicaciones en busca de la comprensión de dicho fenómeno; una de ellas, acaso la más lógica conjetura, que es muy posible que ellos, con su traslado, hayan logrado la de otro modo imposible reconciliación de dos deseos en perpetuo conflicto en cada ser humano: el deseo de emigrar, de cambiar de rumbo, de buscar nuevos horizontes para sus vidas, y el deseo de quedarse en el lugar donde sus sueños vieron la vida por vez primera, de permanecer hasta el fin en el territorio del principio.

Es muy posible. Pero ésa es una explicación más, no la explicación. Nadie sabe la explicación, nadie la sabrá.

Cochabamba

La serie televisiva "Cochabamba", emitida por canal 3, acaba de cumplir un año en el aire pulverizando récords de audiencia. Este audaz experimento ha demostrado un vez más el espíritu de iniciativa, la originalidad cochabambina: la serie se emite las veinticuatro horas del día, sin comerciales, sin interrupciones de ninguna clase desde el instante de su inicio. Los 423.615 cochabambinos registrados según el censo de 1988 actúan en ella. Si bien algunas escenas son elaboradas, los actores poseen parlamentos ensayados y vestimentas adecuadas, la mayor parte de ellas son espontáneas: los que aparecen en la escena no saben que están siendo filmados. Cámaras apostadas estratégicamente en los lugares más imprevisibles de la ciudad impiden que algo original quede sin testigos, el desfalco de un banco, el soborno a un policía, el encuentro furtivo de dos amantes, un sorpresivo adulterio en un mundo en el que el adulterio ya no es sorpresa, el inicio en la droga de algún dechado de virtudes, la muerte de una golondrina a manos de un sacerdote que practica a escondidas la caza, la pérdida de la virginidad de una adolescente de diecisiete años. Los cochabambinos, gracias a esta serie, se enteran día a día de los deslindes de sus parejas, de los arrebatos de aventura de sus hijos, de las tramas corruptas que se despliegan en los ríos sumergidos de tan respetable ciudad.

Semejante experimento viola las reglas de la convención narrativa: la serie puede prolongarse hasta los confines del tiempo. El director, que morirá, podrá ser reemplazado por algún otro, los cochabambinos que irán muriendo podrán ser reemplazados minuciosamente por nuevos cochabambinos; la ciudad podrá cobrar esplendor o decaer pero los escenarios no se agotarán. La envergadura de la empresa ha hecho perder el registro de los detalles: ya nadie sabe quién es el director, quiénes los productores, quiénes los libretistas. Tampoco parece importar. La serie ha cobrado autonomía.

No es aventurado imaginar algún día en el que, entre los escombros de la ciudad ya sin habitantes, haya algún televisor encendido transmitiendo las imágenes de la catástrofe final, el polvo ascendiendo hasta nublar el cielo y luego la nada, nada más que la nada.

Historias nocturnas

A Piru

La suprema originalidad de barrios periféricos como éste radica en sus constantes cortes de luz, que a veces duran diez minutos, a veces diez días, a veces diez años. Nosotros, sus habitantes, que nos hemos ido acostumbrando a ser confinados poco a poco al olvido por la autoridades departamentales y nacionales, ya no nos sorprendemos con ellos; es más, nos sorprendemos si en el decurso de dos días consecutivos ningún corte de luz viene, apremiante, autoritario, a visitarnos.

Los cortes de luz ya han sido internalizados por todos nosotros, forman parte de nuestro modo de vida, le proveen de suspenso y color a nuestras rutinarias existencias, en especial, como es obvio, durante la noche. Por ejemplo, los partidos de fulbito que se realizan en las calles de tierra del barrio, a la tenue luz de faroles de principios de siglo, no se interrumpen por un corte; los jugadores ya han desarrollado una mágica habilidad para, transformados en borrosos contornos, gambetear, pasar la pelota, cometer un foul, rematar al arco, animarse a una chilenita. Claro, a veces suceden cosas raras: un arquero es secuestrado, un delantero recibe un balazo en la sien. Por suerte, la explosión demográfica nos ayuda y siempre hay suplentes prestos a saltar al campo de juego.

La vida del barrio continúa. Parejas creadas de improviso se besan en las esquinas, en los derruidos bancos de nuestra plazuela. En todas partes se forman grupos cuya principal actividad consiste en conjeturar qué novedades brindará el apagón.

Guitarristas rodeados por adolescentes de entusiasmo en desborde, cantan a las desventuras del amor y a la justicia social que brindará la inminente revolución. Hombres y mujeres esperan en fila a que una chola les lea su futuro en las estrellas. Alguien desde un balcón lee en voz alta a Augusto Céspedes para quien desee oírlo, o más bien simula leerlo: pese a que constantemente va tornando las páginas de un viejo libro de tapas amarillas, las habladurías mencionan que esta proeza no es más que un caso extremo de prodigiosa memoria.

A veces desgarradores gritos de mujer cruzan el aire con convincente terror: es una violación. Nosotros, luego de un merecido minuto de silencio retornamos a nuestras actividades normales (algunos corren detrás del autor: en general es inútil). A veces se escucha con nitidez el trizarse de una ventana: es un robo. Nosotros luego de merecidas disquisiciones acerca de a quién le habrá tocado esta vez, retornamos a nuestras actividades normales. Así, la noche se dirige sin prisa hacia su fin y, con las calles todavía pletóricas de gente, la penumbra comienza a elaborarse con arte, luego el día va instalándose en nosotros, primero con timidez, luego con descaro y las calles empiezan a vaciarse hasta que no quedan ni rescoldos de la suprema originalidad de barrios periféricos como éste.

Pero por suerte pronto llegará la nueva noche, y ahí, quién sabe.

Rumbo a Las Piedras

El letrero, en inmensos números blancos sobre un fondo azul, decía 43. Martín suspiró aliviado al verlo: al fin había encontrado la parada del colectivo que buscaba. Un anciano y dos mujeres jóvenes se encontraban sentados en un banco de madera que brillaba como si acabara de ser barnizado. Martín se sentó junto a ellos.

Transcurrida media hora , el colectivo no llegaba. Martín, que miraba a su reloj como hipnotizado por éste, comenzó a preocuparse: necesitaba llegar a Las Piedras: de vez en cuando, como hoy, le venían ganas de ordenar su vida y escogía una destinación, una coordenada de la que no se apartaba hasta alcanzarla. Por un momento, el pasado se volvía literal y se transformaba en lo que su nombre decía, pasado, niebla incapaz de invadir la luminosidad del presente. Las Piedras era hoy la destinación y la alcanzaría.

Las mujeres y el anciano conversaban de manera relajada, sin apuros. Martín se volvió hacia ellos y preguntó si ésa era la parada del 43. Una de las mujeres sonrió y dijo, como si se hallara enunciando algo ya conocido por todos:

—Por supuesto que no. Hace un par de semanas cambiaron las rutas de algunos colectivos, pero la municipalidad no tuvo tiempo de cambiar los letreros. La parada más cercana del 43 se halla en Siete de Julio y Rosales, a tres cuadras de aquí. El letrero dice 76.

Martín le agradeció y se dirigió a Siete de Julio y Rosales. Allí, solo, se sentó en el banco y se dispuso a esperar. Mientras esperaba, pensó en Las Piedras. Una vez había estado allí y le había gustado. Eso había sido seis años atrás, pero todavía conservaba fresca en la memoria la placidez de la urbanización, la majestuosidad de los eucaliptos y el maullar entre cálido y lastimero de un hermoso y viejo gato pardo. Acaso si ese día hubiera decidido quedarse en Las Piedras los seis años no habrían transcurrido de la manera en que lo hicieron. No acaso: seguro que hubieran sido diferentes. Hubieran podido ser mejores. Pero también hubieran podido ser peores.

Cuarenta y cinco minutos después, Martín decidió que ya había esperado bastante. Comenzó a caminar sin rumbo. Después de dos cuadras, se detuvo: la intuición le decía que si se quedaba ahí, en esa esquina sin letreros, no tardaría en pasar el colectivo que lo llevaría a Las Piedras. Su hermana siempre le decía que había que hacer caso a las intuiciones. Se metió las manos a los bolsillos del pantalón, y esperó.

Poco rato después, divisó un colectivo que venía hacia él. Es el 43, pensó recordando a su hermana. Pero ya más cerca de él se dio cuenta que no era el 43. Era el 38. Lo hizo parar: acaso, en una de ésas...

Martín se acercó a la puerta del colectivo y preguntó al chofer si iba a Las Piedras. El chofer miró a sus pasajeros como tratando de hacerles entender que si se demoraban la culpa no era suya sino de ciertas preguntas estúpidas que recibía.

—No —respondió, la mano apretando con impaciencia la caja de cambios—; voy a Loma Azul. A dos horas de Las Piedras. En el lado opuesto de la ciudad.

Apenas escuchó el nombre Martín supo que se había estado engañando durante todo el día: en realidad, en ningún instante había querido ir a Las Piedras. Loma Azul era la destinación que buscaba. Loma Azul: repitió el nombre tres veces, como para cerciorarse de que ése era el lugar al que quería ir; después de todo, si Las Piedras había logrado ocultar a Loma Azul, ¿no estaría Loma Azul ocultando otro lugar? Por un momento, vislumbró la posibilidad de lugares ocultando otros lugares *ad infinitum*... Pero sólo por un momento; al rato, sus pensamientos habían retomado su curso normal.

Urgido por el chofer, decidió subir al colectivo. Iría a Loma Azul. Sí, ésa era la destinación que buscaba. Loma Azul. Qué lindo nombre, pensó. Muy, muy lindo.

FÁBULA DE LA CIUDAD BLANCA Y LOS GRAFFITI

La Ciudad Blanca nació hacia 1622, cuando a un virrey caprichoso que la visitaba se le ocurrió ordenar que todas sus casas fueran pintadas de blanco. Sus habitantes, generalmente olvidados por la autoridad, se sintieron envanecidos por el interés que el virrey parecía tomar en ellos y decidieron cumplir su orden sin protestas ni dilaciones. Con el paso del tiempo la ciudad perdió su nombre original y se convirtió en Ciudad Blanca. Los años se sucedían, los siglos se sucedían, y las casas y los edificios y los monumentos y todo aquello que formaba parte del paisaje urbano (bancos en los parques, faroles en las calles) eran pintados de blanco, sin que nadie se atreviera a contrariar la norma, ni siquiera partidos políticos en tiempos de elección. Sus habitantes, al ser preguntados por el porqué de persistir de manera tan obsesiva cumpliendo dicha costumbre, respondían que la tradición tenía razones que la razón no conocía.

Así continuó la historia, hasta que un día de marzo de 1990 una de las paredes del edificio de la Prefectura amaneció con un graffiti de letras anaranjadas atravesándola de lado a lado: *¿Quién apresó el relámpago del frío y lo dejó en la altura encadenado?* Era la afrenta mayor, la bofetada artera y audaz. ¿Quién podía haberlo hecho? ¿Un individuo actuando por su cuenta, o, por esas mezquindades propias del regionalismo, los agentes de una ciudad como Piedrales? Conjeturas iban y venían, el orgullo enardecido de la población exigía venganza. La Prefectura retornó a su blancura original, se incrementó la vigilancia policial de edificios públicos, se ofreció recompensa por la captura del culpable. Al día siguiente, la catedral ostentaba, en letras violetas, un graffiti que decía: *Que sea larga tu permanencia bajo el fulgor de las estrellas.*

Después, pese a denodados intentos de la policía, de las tropas del ejército que el gobierno había puesto a disposición de Ciudad Blanca ("¡Un ataque a cualquiera de sus paredes es un ataque a la nación entera!", había dicho el presidente), de investigadores privados, de ciudadanos organizados en grupos encargados de vigilar sus barrios, los graffiti continuaron apareciendo, uno por día y en diversos colores: eran, entre otros, *Ay, más que sangre somos huesos, cal que nos roe lágrima a lágrima,* y *Una flor que llaman girasol y un sol que se llama giraflor* y *El silencio es una rosa sobre su pico de fuego* y *Plural ha sido la celeste historia de mi corazón* y *Detente, sombra de mi bien esquivo* y *¡Oh, cómo te deslizas edad mía!* Las paredes volvían a ser pintadas de blanco, pero era inútil, el proceso recomenzaba al día siguiente.

El invierno de aquel año encontró a la ciudad envuelta en una atmósfera de depresión colectiva. No habría paz hasta que no se encontrara al Poeta (la imaginación popular había bautizado así, sin mucho esfuerzo, al autor de los graffiti). Las teorías para develar el enigma proliferaban. Alguien especuló que la solución se hallaba en el fondo y la forma de los graffiti, pero por ahí no se llegó a mucho, apenas a la conclusión de que la poesía era un misterio, lo cual no sorprendía a nadie: para los habitantes de Ciudad Blanca, *la poesía siempre había sido un misterio*. Alguien insinuó que se arrestara a todos los poetas y lectores de poesía de la ciudad (que eran pocos), idea que sedujo a muchos pero que el Prefecto descartó por considerarla poco sutil.

Lo cierto era que algo debía hacerse, de manera urgente. Entonces fue que a alguien se le ocurrió que no sería mala idea intentar combatir al Poeta con sus propias armas; acaso si, una mañana, todas las paredes de la ciudad (y no sólo las paredes, sino todo aquello que se hallaba pintado de blanco) amanecieran pintarrajeadas con graffiti, entonces el Poeta no podría continuar con su obra, y quizás después de un tiempo entendería la decisión unánime del pueblo de preservar sus tradiciones a toda costa, y se daría por vencido. Luego, los graffiti serían borrados y todo volvería a la normalidad. La idea fue tildada de ridícula al principio, pero ante la falta de otras opciones fue ganando aceptación; la prefectura la aprobó, y se eligió el dos de julio como el día en que se llevaría a cabo el plan. Un millonario donó a la ciudad un cuantioso número de libros de poesía, para que éstos fueran saqueados a su antojo por los ciudadanos.

El dos de julio, la ciudad era un graffiti inmenso, un poema hecho siguiendo la técnica del collage. Frases de todos los colores, letras de todos los estilos, poetas de todas las edades adornaban Ciudad Blanca. Era una orgía de luces y contrastes, una explosión de sentido y sinsentido, un encuentro y desencuentro de caligrafías y versos. *Cosa grave es la esperanza* junto a *Nada como la esperanza, Hay golpes en la vida* con *No hay nada más sin golpes que la vida.* Los ciudadanos, caminando sobre el poema, se congratulaban por la labor cumplida.

Sin embargo, cuando quisieron volver a la normalidad, se dieron cuenta que no podían; todas las frases que eran borradas un día retornaban insidiosas, a la vez ambiguas y precisas, reveladoras e impenetrables, al día siguiente.

Hoy, Ciudad Blanca es conocida como Ciudad Graffiti.

Los premios en Noguera del Campo

La ciudad de Noguera del Campo se caracteriza por una tradición harto peculiar, una suerte de exageración de ciertas tendencias existentes en otras ciudades de la región desde la Colonia: la de celebrar con reconocimiento público cada uno de los triunfos de cada uno de sus vecinos, desde los más encumbrados hasta el más humilde. El reconocimiento puede tomar varias formas: una medalla, el bautizo de una calle o una plazuela con el nombre del celebrado de turno, la comisión de una estatua con sus rasgos, a veces la declaración de un feriado municipal. Pedrito Olmos, ganador del concurso de poesía para niños de kinder con una "Oda a la mamá", fue reconocido con el bautizo de un callejón sin salida con su nombre; María Suaznábar, que triunfó en el concurso para encontrar el slogan ideal para la promoción turística de la ciudad *(Noguera del Campo: donde siempre hay campo para usted)*, fue reconocida con el bautizo de una plaza con su nombre; Raúl Reyles, que ganó el concurso de dibujo "Nuestro alcalde bombón y Kevin Costner: ¿simple parecido o algo más?", fue premiado con el cargo honorario de *Dibujante Oficial de Su Excelencia y Amigo Predilecto de las Artes Bellas y de las Otras.*

Noguera del Campo tiene un promedio de tres estatuas por calle, y los escultores, a quienes nunca les falta dinero, se quejan siempre por exceso de trabajo; los trabajadores municipales tienen los rostros estragados por el poco sueño y el continuo corretear de una ceremonia a otra; la Casa de la Moneda produce más medallas para Noguera que monedas para el país entero; y hay calles y parques que suelen tener cuatro o cinco nombres al mismo tiempo.

Todo ello sería peor si no fuera por el hecho de que en Noguera, tanto como se premia un triunfo, se castiga una derrota de la misma manera: ni siquiera el segundo lugar salva a uno. Pedrito Olmos no ganó en el siguiente concurso de poesía en que participó, e inmediatamente el callejón sin salida perdió su nombre. Olivia Fernández. Miss Verano 1993, entregó el cetro a Carla Sotomayor en 1994, y con el cetro entregó también el nombre del Palacio de Justicia. Cuadrillas municipales rastrillan la ciudad al atardecer con la lista de estatuas a retirar de las calles y a depositar en galpones a esperar la faena del tiempo. Tarde o temprano, todas son retiradas.

Sin embargo, hay una excepción: es la estatua de Roberto Zelada, en la intersección de las calles Azurduy y Gorriti desde 1883. Ese año, Zelada ganó un concurso nacional de pintura, con una idílica y hoy juzgada mediocre acuarela de un paisaje rural. Al día siguiente de la ceremonia de descubrimiento de su estatua, Zelada desapareció de la ciudad y nunca más se supo de él.

LA CIUDAD DE LOS MAPAS

a Italo Calvino

La ciudad de Aguamarina es también conocida como la ciudad de los mapas. Hacia 1953 un error tipográfico hizo que el mapa oficial de la ciudad fuera publicado atribuyendo nombres distintos de los verdaderos a todas sus calles y plazas: la calle Benedicto Romero se llamaba María Dolores y la calle Naucalpan se llamaba Cienfuegos y la Cienfuegos se llamaba Benedicto Romero... La alcaldía no poseía dinero en su presupuesto anual para hacer reimprimir el mapa, de modo que ciudadanos y turistas debieron valerse de él por un año. Sin embargo, descifrar el mapa, tratar de llegar de un lugar a otro siguiendo nada más que sus instrucciones, se convirtió pronto en el pasatiempo del lugar. Era obvio, la ciudad era pequeña y la gente no necesitaba de mapas para ir de un lugar a otro; el secreto del juego consistía, precisamente, en olvidar esa obviedad y tratar de valerse sólo del mapa. Para los que conocían Aguamarina, eso no fue sorpresa: una ciudad muy pequeña, donde la vida discurre tan tediosamente como en las grandes ciudades pero sin las varias posibilidades de esconder dicho tedio existentes en éstas, donde hacer circular el rumor corregido y aumentado de los amores del párroco y el desfalco de la sucursal del banco adquiere las características de un arte refinado y de perversa sensualidad, necesita siempre de nuevos alicientes para que lo permanente adquiera nuevas formas y dure.

Pero nadie sospechaba que en los mapas Aguamarina encontraría su destino. Una petición, que circuló de mano en mano, convenció a la Alcaldía de mantener los errores tipográficos de

1953 en el mapa de 1954, o en su defecto cambiar los errores por otros errores. Se eligió la segunda opción. Una ciudad más pasaba así, casi de manera inadvertida, a ser la ciudad de los mapas. El azar, una vez más, era el motor de la historia.

En los años 60, el error adquirió características de sofisticación al aparecer diversas ediciones clandestinas de mapas que competían y ganaban en originalidad a los que publicaba el municipio. Algunos de estos mapas se publicaban en costosas ediciones limitadas, impresos en seda china o terciopelo, numerados y con firma del autor; del mapa Malloy, por ejemplo, en que su creador, un arquitecto misántropo y casi ciego, había eliminado siete calles de la ciudad original, añadido veintitrés plazuelas y un riachuelo que cruzaba la ciudad de norte a sur, y alterado dieciséis nombres de lugares turísticos, existían apenas seis copias; millonarios y fanáticos insomnes pugnaban por ellas. Hubo algunas muertes jamás aclaradas.

Una historia de Aguamarina y sus mapas debería necesariamente mencionar estos hitos: en 1971, la publicación de un mapa en blanco; en 1979, la circulación de un mapa de la ciudad de Nueva York como si fuera de Aguamarina; en 1983, el intento fallido de crear un mapa del mismo tamaño de la ciudad; en 1987, el mapa que contaba en clave la leyenda del Minotauro y que motivó la profusión de niños bautizados con los nombres de Ariadna y Teseo; en 1993, el mapa de la ciudad sin alteración alguna, hecho al que se habían desacostumbrado tanto los aguamarinenses que resultó ser el más delirante, cruel y complejo de todos los mapas hechos hasta ahora.

Otras ciudades han tratado de imitar a Aguamarina. No han podido.

LOS CREADORES

Simulacros

A los siete años, Weiser descubrió que le repugnaba el colegio y, sin hesitaciones, lo abandonó; sin embargo, para no contrariar a su madre (desde la muerte de su padre, él, hijo único, era la cifra de las esperanzas de ella), continuó levantándose en la madrugada, enfundándose en el uniforme obligatorio y saliendo en dirección al colegio y regresando al mediodía y hablando sin pudor de exámenes y profesores; de vez en cuando, para mantener la farsa, debió recurrir a la falsificación de notas de elogio por parte de la dirección y libretas pletóricas de excelentes calificaciones, debió recurrir a excompañeros, que iban a su casa ciertas tardes, a ayudarlo a simular que hacía las tareas. Ella confiaba en él; acaso por ello no se molestó en ir al colegio y averiguar por cuenta propia de las mejoras de su hijo, ni sospechó de la ausencia de reuniones de padres de familia y kermesses a las que de todos modos no hubiera ido. Siguió puntual, pagando las pensiones el primero de cada mes, entregándole el dinero a su hijo, quien, solícito, se ofrecía a librarla de la molestia de tener que ir hasta el colegio.

Todo persistió sin variantes hasta el día de la graduación, en el que Weiser debió pretextar un súbito, punzante dolor en la espalda que lo confinó a la cama: su madre, preocupada por él, se alegró al saber que no irían a la ceremonia: no conocía a ningún profesor, a ninguno de los sacerdotes que regían el colegio, a ninguno de los padres de los compañeros de su hijo, se hubiera sentido una extraña. Al día siguiente, no pudo evitar las lágrimas al contemplar el diploma que Weiser había falsificado con descarada perfección, y pensó que ningún sacrificio era vano, que su hijo iría a la universidad. Y Weiser, mientras le decía que estudiaría medicina, pensó que le esperaban seis arduos, tensos años. Pero no fueron ni arduos ni tensos debido a su continuo progreso en el arte del simulacro. El día de la graduación fue el más difícil de sortear: debió recurrir a 43 amigos para que hicieran de compañeros suyos, contratar 16 actores para que hicieran de cuerpo académico (profesores, decano, rector), alquilar el salón de actos de la Casa de la Cultura para realizar en él la ceremonia en el preciso momento en que la verdadera ceremonia se realizaba en el Aula Magna de la Universidad. Y ella, su madre, lloró abrazada a él.

Después abrió un falso consultorio de médico general, en el que pasaba las tardes de tres a siete revisando pacientes falsos, contratados por temor a ser descubierto por su madre en una de sus repentinas, frecuentes, inesperadas visitas. Pero no se sentía perdiendo el tiempo: el consultorio le daba un aura de respetabilidad, una fachada necesaria para mantener en el anonimato su verdadera vocación, aquella que le había permitido acumular una portentosa riqueza, la vocación de falsificador.

Nueve años después, ya con una falsa especialización en neurocirugía, su madre acudió un día a su consultorio quejándose de insoportables dolores de cabeza; él la revisó y dictaminó que los dolores eran pasajeros, no revestidos de gravedad. Ella murió dos meses después. El médico forense dictaminó que la muerte se había debido a un cáncer no tratado a tiempo. Weiser no se sintió culpable en ningún momento: recordando el trayecto de su vida desde los siete años, pensó que ella, sólo ella era la culpable de esta muerte acaso evitable.

EL HOMBRE DE LAS FICCIONES

Se levanta a las seis de la mañana y, después de una ducha fugaz y un desayuno, lee dos o tres novelas y escribe las respectivas críticas para su columna del día siguiente. Almuerza; luego, se dedica unas tres horas a escribir su nueva novela y bocetos de futuros cuentos, ve una película en video y programas de televisión y lee un poco y luego cena y va al cine y regresa a las doce y ve la película de trasnoche que invariablemente ofrece alguno de los canales. Luego, duerme.

Pero no puede soñar.

Apogeo y decadencia del teatro

En esa época el teatro se había vuelto tan popular que todos actuaban en todas partes sin importarles la ausencia de un argumento coherente, de disfraces adecuados, sin importarles nada de nada. Los actores profesionales, que veían, consternados, la invasión de su territorio, decidieron hacer una huelga de hambre hasta las últimas consecuencias si no cesaba ese atropello. El presidente fue a hablar con ellos, les dijo que tenían razón y les aseguró que dictaría un decreto prohibiendo, bajo pena de muerte, la actuación sin permiso oficial. Cuando lo hizo, nadie le creyó (era obvio, él también estaba actuando), pero todos comenzaron a actuar como si le hubieran creído, y este nuevo papel, el de ciudadanos sumisos a la ley, le dio a él la idea de un papel original, el de presidente fiel a sus decretos. Y, uno por uno, los hizo arrestar y los condenó a la horca o a la guillotina o al paredón de fusilamiento. Los soldados que cumplieron sus órdenes gracias a un audaz papel de fieles defensores de la ley, sufrieron remordimientos en masa (o acaso haya sido otra actuación) al darse cuenta del exterminio cometido, y decidieron el éxodo, el abandono del escenario de sus atrocidades.

Los actores profesionales recuperaron la dignidad de su trabajo, pero su felicidad se trocó en tristeza al descubrir que se habían quedado sin público. Sin embargo, siguieron actuando todos los viernes y sábados y domingos en la noche ante el teatro vacío; de vez en cuando, percibían en la platea la figura solitaria y taciturna del presidente, que no gustaba de sus obras pero actuaba como si le gustaran.

La invitación

Dos mil cuatrocientos treinta y seis personas han sido invitadas a una más de las extravagantes fiestas de Pedro Ledgard. Ésta parece no tener tema: no es de gala, no es de disfraces, nada la rige. Sin embargo, algo le presta peculiaridad: las invitaciones, en vez de indicar la dirección, han venido con un mapa de la ciudad en que se halla marcado, con una cruz roja, el lugar del suceso. Pero no es fácil llegar. En una ciudad como ésta uno no puede fiarse mucho de la cartografía: hay regiones enteras aún inexploradas, calles y plazuelas aún sin nombre, barrios que trastocan su fisonomía de la noche a la mañana, pasajes y callejones sin salida aún no visitados por persona alguna.

La noche de la fiesta el ajetreo cabalga en las calles. Mujeres de vestidos rutilantes ingresan a bares con el mapa en la mano y procuran elucidar el problema con fútiles inquisiciones a borrachos lascivos. Grupos de hombres vestidos con elegancia recorren las avenidas cantando, eufóricos. Parejas alegres detienen a policías en sus rondas y los envuelven en preguntas. Sin embargo, hacia las doce nadie ha dado todavía con el lugar de la fiesta y muchos desisten y retornan a casa, hay la esperanza de encontrar en la televisión una película para salvar la noche.

A las tres de la mañana perseveran en la empresa menos de doscientos invitados. La mayoría de ellos se revuelve de furia, unos cuantos bailan en las calles, cantan y se emborrachan con ardor, hacen el amor en los bancos de las plazuelas, persisten en la felicidad.

A las seis de la mañana se encuentran en la calle veintinueve invitados. Ya sabían de las fascinantes fiestas de Pedro

Ledgard, pero ésta, dicen, ha sido la mejor: no han hallado el lugar marcado en el mapa pero han hallado la fiesta. Volverán a sus casas con el regocijo en el rostro, al perderse extenuados en sus respectivos sueños, sin haber logrado ver a Ledgard pero admirando su genio y agradecidos por haberles salvado del olvido una más de sus noches, por haberles permitido descubrir la fiesta de las fiestas.

Biografías

A Adolfo Cáceres Romero

Desde niña, Renée Zamora se sintió fascinada por la figura de los Valdovinos. Aún no sabía qué era la política pero ya podía percibir, desde las fotos en los periódicos, las imágenes en la televisión o la ríspida voz en la radio, el carisma del hombre alto, flaco, de lentes de armadura de carey, una pequeña cicatriz en la frente y el rostro huesudo, atravesado de determinación. Sus padres votaban siempre por él y en muchos desayunos y almuerzos los oyó hablar maravillados de sus cualidades de líder, estadista, intelectual, político insobornable, exaltado nacionalista: esa fue la primera versión que supo de él.

Ya adolescente, en clases de historia en colegio, se enteró con pasmo de algunas acciones de Valdovinos que vinieron a contrariar la imagen que tenía de él: las traiciones que había cometido con diversos compañeros en su afán de escalar con rapidez a posiciones de jerarquía en el partido; el haber organizado un grupo de paramilitares para combatir a la oposición cuando su partido se encaramó al poder por vez primera, allá por los años 40; los millonarios negociados en que se había involucrado como ministro de economía. Le costaba integrar esas acciones bajo el común denominador del hombre considerado como uno de los principales teóricos de la Revolución que había transformado por completo las estructuras del país, el hombre amado por el pueblo y respetado pos sus opositores, el hombre que era un orgullo nacional y un ejemplo de civismo. Ambas versiones no podían ser ciertas a la vez, se decía Renée. Fue en ese tiempo, alrededor de los quince años, que ella adquirió el hábito de leer todos los libros y artículos en torno a Valdovinos, y de preguntar al que pudiera acerca de él. De ese modo, la heterogeneidad continuó creciendo.

Cuando terminó el colegio ya Valdovinos era una obsesión para Renée. Su habitación abundaba en pósters y fotos de él (una, autografiada, producto de un viaje a La Paz y una vigilia de tres días a las puertas del Palacio Quemado), su biblioteca era prácticamente monotemática (*Valdovinos y la Revolución Nacional*, *El rol de Valdovinos en la búsqueda de la identidad boliviana*, *Valdovinos y los militares: historia de una extraña amistad*, *Valdovinos el exterminador*, *El soñador del Altiplano*...), sus escritos citaban sus frases parágrafo tras parágrafo: "Si no hacemos algo Bolivia se nos muere"; "éste es un país de vencedores"; "la solución está en nosotros mismos"; "sin ustedes yo no soy nadie"; fue esa obsesión, más que nada, la que la impulsó a estudiar historia. Soñaba con escribir algún día la definitiva biografía de Valdovinos, la que desprendería la realidad de la leyenda, la que revelaría sus más profundas ambiciones, lo que había de auténtico o falso detrás del caparazón de sus actos y sus frases. Aunque habría preferido que el Valdovinos de su infancia hubiera sobrevivido incólume, amaba más la verdad que las virtudes de una imagen falsa. "Soñadora con los pies en la tierra", la llamaba su madre, vanagloriándose de haber sido de ella de quien Renée había heredado esa cualidad.

A los veinticinco años, a menos de una semana de haber obtenido la licenciatura en Historia, Renée inició oficialmente su labor; extraoficialmente, ya la había iniciado casi diez años atrás y había plasmado un primer acercamiento en su tesis de grado; las fichas que había acumulado en el tema sobrepasaban las setecientas. Lo primero que intentó fue entrevistar a Valdovinos, pero no tardó en descubrir que ello era imposible: Valdovinos se había retirado de la política dos años atrás y vivía recluido en una finca en los Yungas, con una amante venezolana y sin conceder entrevistas a nadie. Entonces, debió recurrir a políticos que habían compartido la arena nacional con él, compañeros y opositores. Habló con historiadores, escritores, científicos, militares, dirigentes sindicales, periodistas, politólogos, familiares, exesposas, amigos íntimos, profesionales, obreros, mineros, campesinos. Año tras año recorrió archivos privados y del Estado, hemerotecas, museos y bibliotecas, y viajó a las regiones más remotas del país guiada por pistas inciertas y corazonadas de tres de la mañana; incluso, gracias al financiamiento de sus padres, viajó a Austin, donde pasó tardes y tardes en el Benson Center de la Universidad de Texas, consultando valiosos papeles oficiales que el gobierno de Bolivia ya había dado por perdidos. Así llegó a los 30 años, sin haber escrito aún una sola línea de la biografía. Había logrado separar la realidad de la leyenda, pero eso no era suficiente.

¿Por qué no podía comenzarla? Para Renée, el problema radicaba en su incapacidad para someter a una única coherencia las dispersiones que había descubierto en la realidad. Cada nuevo día le ofrecía nuevos Valdovinos, semejantes entre sí pero distintos. En la universidad le habían enseñado que con mucho trabajo de investigación, lógica, paciencia, capacidad analítica, crítica, y un agudo sentido de observación podía reconstruirse y hacerse inteligible la historia de un hombre, de una sociedad, de una civilización, incluso del universo; las respuestas a los porqués se resistían a aparecer, pero tarde o temprano lo hacían. Con Valdovinos, su queja no estribaba en la ausencia de respuestas sino en la profusión de ellas. Así, Renée se sentía parte de un territorio habitado nada más por ella y por un infinito número de Valdovinos.

Fue después del regreso de Texas que sus padres y amigos comenzaron a preocuparse en serio por ella. Hasta entonces, su obsesión había sido sólo objeto de bromas crueles a sus espaldas; las pesadillas recurrentes, los ataques de histeria, las noches de insomnio, el descuido de su apariencia física los motivaron a intervenir. Sugirieron que visitara un médico; no lo hizo, pero aceptó volver a vivir con sus padres. Un lapso de paz sobrevino, como el que sucede en medio de una enfermedad fatal antes del ataque definitivo. En ese período, Renée hizo cosas que no había hecho en más de una década: salir con hombres interesados en ella, leer los poemas de Cerruto, bañarse desnuda a la medianoche en la laguna a tres cuadras de su casa, ir a misa, comer en la madrugada api con empanadas en el mercado.

La muerte de Valdovinos interrumpió todo; sus padres y sus amigos temieron los alcances de su reacción; ella, por toda respuesta, se encerró aquel día en su habitación sin pronunciar una sola palabra, sin derramar una sola lágrima. A la mañana siguiente, a la misma hora en que Valdovinos era enterrado en La Paz, se dirigió a una librería y se proveyó de blocks de papel sábana, lapiceros y borradores. Esa tarde lluviosa inició la escritura de la biografía de Valdovinos.

Trabajó casi sin interrupciones, sin salir de la casa de sus padres más que para ir a la hemeroteca de la Casa de la Cultura o a las librerías en busca de nuevos libros acerca de Valdovinos, durante siete años. Poco a poco fue quedándose sin amigos; al final, los únicos lazos que le sobrevivían eran sus padres, que la mantenían pese al sacrificio que les significaba, y una excompañera de curso que de cuando en cuando aparecía con pasteles a la hora del té. Su aspecto físico era lamentable: la dejadez presidía sus ropas sucias, sus uñas mordidas, su cabellera castaña cortada con desdén, sus ojeras exageradas, su tez pálida, su rostro huesudo, su cuerpo esmirriado. Poco a poco, Renée se extinguía.

Una mañana, ella apareció en las oficinas de la editorial "Los Amigos del Libro" y pidió hablar con el director. Llevaba un bulto pesado entre las manos. El director la recibió; era un hombre joven, de tez morena y profuso pelo negro que, sin mirarla, mientras revisaba el balance del mes, le preguntó en qué la podía ayudar. Ella depositó el bulto sobre su mesa, el director interrumpió su labor, la miró. Qué es, preguntó. Ella, mordiéndose las uñas, le explicó. Eran nueve manuscritos. Eran nueve biografías que ella había escrito. ¿Nueve copias de una biografía?, interrogó el director. No; nueve biografías diferentes. ¿De nueve personas diferentes? No; todas eran biografías de Raúl Valdovinos. Él encendió su pipa y, después de la primera bocanada, los rasgos de su rostro sin poder todavía difuminar la sorpresa, dijo que no entendía. No entiendo, dijo dos veces más. Al mismo tiempo, reparó por primera vez en el rostro deteriorado, el desamparo en los ojos, el descuido en las ropas.

Ella intentó una explicación, pero no lo hizo en forma fluida ni con claridad. Entre balbuceos, palabras entrecortadas y frases inconclusas, el director dedujo que ella creía que Raúl Valdovinos había sido una figura tan fascinante, compleja y contradictoria, que cada uno de sus actos e ideas podía ser interpretado de múltiples maneras: Valdovinos el corrupto, Valdovinos el incorruptible, Valdovinos el ferviente nacionalista, Valdovinos el traidor, Valdovinos el revolucionario, Valdovinos el conservador, Valdovinos el hombre del pueblo, Valdovinos el defensor de los privilegios de la élite... Ella había intentado domesticar la multitud, ampararla bajo el carácter de un solo Valdovinos, pero había fracasado en el intento. Al final, había decidido interpretar los hechos de todas las formas posibles y escribir todas las biografías posibles a que ello diera lugar.

El director la escuchó con atención; luego, le pidió que escogiera, entre las nueve biografías, la que le pareciera mejor, que la haría leer y vería si era o no digna de publicación. Renée hizo un rostro de furia y alzó la voz: esto no era una lotería, las nueve biografías merecían ser publicadas, ya se arrepentiría de su estupidez. Alzó el bulto de la mesa, lo apretó contra su cuerpo, salió dando un portazo. Gente rara, dijo el director, y retornó a la revisión del balance.

Después de aquel incidente la reclusión de Renée se tornó más extrema: dejó de recibir a su única amiga, redujo las conversaciones con sus padres a diálogos monosilábicos, y no volvió a abandonar su habitación más que por exclusivas razones de alimentación e higiene, ambas actividades practicadas en forma mínima y discontinua. Vivió así durante cuatro años, hasta el día en que se cortó las venas y se derrumbó para siempre sobre su escritorio y la sangre incesante manchó las páginas pulcras del manuscrito que no había logrado finalizar, la biografía número trece del hombre alto, flaco, de voz ríspida y una pequeña cicatriz en la frente.

El aprendiz de mago

Había una vez un aprendiz de mago que trabajaba en un circo pobre y que lo único que deseaba en la vida era el reconocimiento caluroso, los aplausos de su escasa audiencia. Sin embargo, una y otra vez algunos trucos le salían mal y de uno y otro sector del público surgían los abucheos y las risas. Podía soportar esa respuesta con estoicismo, pero a veces, cuando las risas se tornaban en crueles carcajadas, su paciencia se desvanecía y en su rostro se instalaban, inequívocos, los furiosos trazos de la cólera. En ese instante los payasos y los trapecistas y sus demás compañeros sabían que comenzaban los problemas, pues él no tardaría en recurrir a su único truco infalible, el de hacer desaparecer la ciudad en que se encontraban, y se dirigían con prisa a sus carromatos, a empacar sus pertenencias y preparar la abrupta huida. Él anunciaba con humildad el último truco de la noche, lo cual motivaba la exasperación de las carcajadas; el acto era finalmente consumado, algún curioso se asomaba a la puerta del circo y era verdad, la ciudad había desaparecido.

Por cierto, todavía no dominaba el arte de hacer reaparecer a las ciudades, era un aprendiz de mago que, a lo sumo, lograba con dificultad el retorno de algunos barrios, algunas plazuelas, algunos monumentos, algunas avenidas. Sabía que necesitaba años de experiencia, pero también sabía que su orgullo jamás le permitiría soportar las burlonas carcajadas de la audiencia, aunque aquello le costara, ciudad tras ciudad, la desaparición de todo vestigio de mundo.

CUENTO CON DICTADOR Y TARJETAS

En ese entonces, el dictador Joaquín Iturbide era dueño de una fábrica de tarjetas y poseía el monopolio de su venta en el país. Un día se le ocurrió declarar el veintiséis de junio día de la Amistad y las tarjetas creadas para ese día tuvieron un éxito inesperado en la población y lograron ganancias espectaculares para la empresa. Ello llevó al dictador a declarar el catorce de agosto día de la Envidia y el éxito también se repitió. Y por su propia inercia la dinámica del éxito continuó y en menos de un lustro todos los días del año estaban copados y había día del Rencor y día de la Novia Infiel y día de los Bisabuelos y día de los Esposos que se Aman pero en Realidad se Odian y día de los Adoradores de Onán y día de los que Quisieran Acostarse con sus Sirvientas y día de los Lectores del Marqués de Sade y día de los que Sueñan con Centauros. Para dar lugar a las nuevas ocurrencias hubo que dividir el día en varias partes: el tres de enero al atardecer fue declarado momento de los que les Gusta Hacer el Amor en la Oscuridad de un Cine y el dieciséis de octubre por la madrugada momento de los que No Matan ni una Mosca y el veintiuno de diciembre al mediodía momento de los nostálgicos por el chachachá. Y así sucesivamente. El dictador ya lograba más dinero anualmente con la venta de tarjetas que con lo que robaba sin disimulo de las arcas del país, pero no quiso dejar el poder. Quería morir con él, ya viejísimo y venerable patriarca.

Cuando le llegó la muerte era en verdad viejísimo. En su honor, la Junta de Notables del país declaró las cuatro de la tarde con veintisiete minutos y quince segundos del dos de abril como el Fugaz Instante de los Dictadores Perpetuos.

LOS SIETE GATOS GRISES

a José Donoso

La primera vez que me visitó la imagen de los siete gatos grises la juzgué fascinante y traté de sacarle provecho, de utilizarla como punto de partida para un cuento o de entreverarla en algún recodo de una historia compleja, acaso en algún capítulo de mi estancada novela. Pero todos mis intentos fueron vanos y después de ir a dar a varios puntos sin retorno decidí tratar de olvidar la imagen, descartarla de mis archivos literarios. No fue posible: ella, obsesión de obsesiones, retornaba a mí en sueños, en pesadillas, en clases de ciencias políticas, en el sublime clímax del sexo.

De modo que aquí estoy, intentando escribirla, tornarla en palabras para exorcizarla así de mí. Es una imagen inconexa, carece de un antes y un después, viene desprovista de antecedentes, no es el eslabón de un argumento, la clave para entender alguna narración, un símbolo de perversa ambigüedad: en suma, no pertenece a la literatura, al menos a lo que yo entiendo por literatura; es, pura y exclusivamente, una imagen: al alba, al salir de casa para dar mis acostumbradas vueltas a la manzana, observo, en la acera del frente, desperdigados, siete gatos grises muertos.

Puedo proveerla de algunos antecedentes: dos años atrás la gata de los Gamarra, que viven al lado de mi casa, dio a luz a los siete y falleció. Los Gamarra obsequiaron los gatos a casi todo el vecindario. Uno de ellos llegó a dar a mí. Y se sucedieron dos años y los gatos vivieron felices y nosotros también, hasta que un día aparecieron muertos. Entonces, las sempiternas preguntas: ¿Quién lo hizo? ¿Y por qué? Sé que respondiendo estas preguntas podría escribir un cuento meritorio, pero no llego más allá de la invención de algunos personajes y después todo es bruma, la historia se disuelve sin haberse iniciado, la trama agoniza sin ver la luz, todo es bruma, nada más que bruma.

Pudo haber sido Miguel, el hijo de los Álvarez que me trae vagas reminiscencias al Tadzio de Thomas Mann; elegirlo como culpable me proveería de dos convincentes párrafos acerca de la crueldad de los niños. Pudo haber sido Pamela, diecisiete años, recién abandonada por su primer amor; de una manera elíptica, sugestiva, podría vincular este abandono con la necesidad de un desahogo, una catarsis de los instintos primitivos que alberga todo ser humano. Pudo haber sido el doctor Espinoza, quien, después de haber leído la noche anterior a Poe, habría cobrado una exorbitante aversión hacia los gatos; ello me daría oportunidad para abordar el tema del poder de sugestión de la gran literatura, de su influjo en nuestra existencia, tema caro a todo escritor, quizás la principal víctima de ese poder de sugestión. Quizás la única víctima.

Pudo haber sido Roberto Lozada, universitario, quien continuaría así la trayectoria de su padre, para quien no había diversión mayor que la de ahogar canarios, de su abuelo, que poseía cuarenta y nueve técnicas para torcer pescuezos de gallinas, y así sucesivamente; podría, entonces, desarrollar el tema de la imposibilidad de escapar al llamado de la sangre, al feroz clamor que corre de generación en generación, tema que por sus inevitables reminiscencias podría constituir al cuento en un homenaje privado al hombre que imaginó Yoknapatawpha antes que nadie.

Pudo haber sido mi madre, sin motivos discernibles; ello me podría enviar a las filas de la *avant–garde*, porque no hay tema más contemporáneo que la ausencia de motivos, de racionalidad en nuestras acciones. Elogio de la tautología: lo hizo por qué lo hizo. Lo hizo porque no tenía porqué hacerlo. Simple, lisa y llanamente, lo hizo.

Pude haber sido yo: podría así escribir un lacerante autoanálisis, desnudar los monstruos que me habitan, exhibir la podredumbre de mis ciénagas interiores, convertir mis corrupciones en una temible metáfora de la condición humana.

Pudo en fin, haber sido algún desconocido. Habría un detective asignado al caso. La búsqueda abandonaría el vecindario, se prolongaría por toda la ciudad, y terminaría abarcando todas las ciudades del planeta, que no serían más que diferentes rostros de una misma ciudad. No habría solución, el orden de las cosas no sería restituido. El asesino, libre, musitaría en la última página que si Dios no existe todo está permitido. Así, en una sola historia, se entremezclarían Conan Doyle y Melville, Borges y Calvino, Kafka y Dostoievski: el súmmum del postmodernismo, la intertextualidad en su apogeo, la gloria de la reescritura, de las citaciones, del collage, de los universos prestados para crear un nuevo universo, de la unificación de las narraciones en la Narración.

No podría terminar de enumerar todas mis opciones: tengo tantas que me permitirían continuar con mis ambiciones literarias, proseguir construyendo al escritor que quiero ser... Tantas pero nada, ninguna cobra vida, la bruma lo difumina todo y los siete gatos grises permanecen desperdigados en la acera del frente, su fetidez empezando a contaminar el vecindario. Y debo contentarme con estas digresiones, estos ocho párrafos acerca del infinito de posibilidades de la literatura confrontadas con la duda, la inexperiencia, el pavor, acaso la mediocridad del hombre enfrentado a ellas.

En memoria de Iván Zaldívar

Hoy se cumplen cinco años del fallecimiento de Iván Zaldívar. A manera de homenaje merecido, es justo recordar un poco su escasa pero lúcida trayectoria. Un poco, porque él no hubiera querido más.

Iván Zaldívar nace en Tarija, Bolivia, el treinta y uno de diciembre de 1947. A los catorce años abandona el colegio e ingresa a trabajar de ayudante de tipógrafo en una imprenta; en los ratos libres, lee con avidez y escribe cuentos. En 1967 publica su primer libro de cuentos, *Ausencia*. El libro, que consta de diecisiete cuentos en el que el más largo no excede las cuatro páginas, es recibido con elogios por la crítica y el público, que admira en él su abordaje breve, elíptico pero a la vez profundo y sutil de los temas esenciales de la aventura humana. Ese mismo año, en la única entrevista que concede en su vida, declara su amor por lo breve, y dice que su máxima aspiración es escribir la más bella narración, tan compleja como *Los hermanos Karamazov* o *Gran Sertón: Veredas*, en el espacio de una página, "y si fuera posible de un párrafo, y si fuera posible de una línea, y si fuera posible de una página en blanco". Dice también que desconfía del lenguaje, que las palabras sirven más para esconder que para revelar, y que la tarea del escritor de hoy es "encontrar un nuevo lenguaje, o una nueva forma de expresión que pueda llegar a los lugares donde el lenguaje no llega, que pueda revelar lo que el lenguaje no puede".

Después de once años de mutismo absoluto, en que nadie sabe nada de su paradero (acaso una villa perdida en las selvas del Beni, acaso un poblado de pescadores en Japón), Zaldívar publica en 1978 su segundo libro de cuentos, que no lleva título. En dicho libro, que continúa abordando los temas del primero pero de una manera aun más profunda, la parquedad ha sido explorada hasta los límites mismos de su disolución: ninguno de los diecisiete cuentos que lo conforman excede una página. El silencio sobrevuela cada una de las narraciones y le presta unidad; los personajes, más que hablar, balbucean: tienen muy poco que decir, y ese poco es prácticamente inexpresable; los decorados son austeros; las descripciones de personas, situaciones y paisajes, mínimas pero de una máxima precisión. El tono general es de desolación, melancolía, angustia. El libro repite el éxito de crítica y de ventas del primero. Zaldívar, acosado por la prensa y sus admiradores, se niega a hablar y se refugia en una población del altiplano paceño. Las cosas que se saben de él hasta entonces son muy pocas: no se había casado, no se le conocían aventuras amorosas; no salía de su casa para nada; no le gustaban el cine ni la televisión, leía muy poco (lo único que le había producido admiración eran algunos textos de Beckett y las fábulas de Monterroso) y escribir para él era un suplicio; desdeñaba por igual la fama y la gloria de la eternidad literaria; era indiferente a la política y al dinero; era, en palabras de un crítico de reconocido prestigio, "un espíritu austero, acaso más austero que el altiplano en que se recluyó".

Los años 80 marcan la época de su proyección universal. Ya para 1983 sus cuentos han sido traducidos a cuarenta y siete idiomas y abundan los premios internacionales y los doctorados honoris causa (que no se molesta en aceptar ni rechazar). En 1984, Zaldívar publica la obra que sacude al mundo literario: no tiene título y sus cincuenta y seis páginas carecen de una sola palabra escrita. Así, sus devaneos con el silencio llegan a su punto máximo de expresión. Las interpretaciones se multiplican: cada lector, enfrentado con las páginas en blanco, encuentra en ellas lo que le parece ("como en cualquier novela", opina la semióloga Ada Fernández), pero hay una suerte de consenso en señalar que la obra es en extremo "angustiosa, melancólica y desoladora". La crítica, esta vez, no es unánime en el aplauso: se señala que si bien la obra de Zaldívar es capaz de revelar lo que el lenguaje no puede, es al mismo tiempo capaz de esconder lo que el lenguaje no puede. También se habla de una capitulación, de una escritura impotente para defenderse ante los embates "de la incomunicación entre los hombres, del silencio, del absurdo, de la nada". Los más extremistas opinan que el mundo de Zaldívar "prescinde no sólo del lenguaje como medio de expresión, sino del escritor como parte integral de una sociedad, un tiempo, una historia".

Ajeno a todos aquellos debates, el cuatro de diciembre de 1985, a los treinta y siete años de edad, Iván Zaldívar fallece a consecuencia de un ataque cardiaco. Su legado reside en las escasas páginas de una obra lúcida y admirable y en su ejemplo de "despojamiento perfecto". Hoy, la influencia de sus libros, en especial del último, es inmensa en las nuevas generaciones de escritores: cada vez existen más poemas sin palabras, cuentos sin títulos, novelas de capítulos sin palabras. El escritor del momento, el italiano Franco Barucchi, ha llegado a ese sitial con sólo dos libros publicados y ni una palabra escrita. Pero la influencia de Zaldívar no se detiene en los escritores: la parquedad abunda hoy tanto en discursos presidenciales como en tesis de grado, los periódicos y revistas disminuyen constantemente sus páginas, la televisión transmite partidos de fútbol sin locución, las conversaciones cotidianas son escuetas, la concisión envuelve las ciudades del mundo. Incluso, una popular actriz alemana ha declarado que le gustaría "hacer el amor con el absoluto silencio cargado de significados de una página de Zaldívar".

Si bien, a despecho de sus éxitos de hoy, es todavía imposible pensar que algún día el silencio zaldivariano se instituya como la forma más universal de comunicación entre los hombres, no lo es pensar que gracias a Zaldívar la palabra, usada y abusada hasta la saturación, se ha dado una pausa y ha iniciado el camino de recuperación de su original esplendor e importancia. Ésa, y no otra, es la principal contribución de Iván Zaldívar a la literatura y al mundo. Hoy, a cinco años de su muerte, es justo reconocerlo por un instante. Por un instante, porque él no hubiera querido más.

JUEGOS

A la memoria de Marcelo Q.S.C.

Todo comenzó con la idea de la profesora Tórrez de hacernos representar, una vez a la semana, un fragmento de la historia de Bolivia. Su propósito era evitar en nosotros el tedio que nos visitaba en cada una de sus clases. Lo logró con creces: era interesante ser, por un intenso momento, Mayta Kápac, Juana Azurduy, Warnes, Busch. Palabras opulentas reverberaban en el recinto, gestos ya inmortales cobraban vida, las páginas de los textos adquirían significado.

Pronto, el interés se extremó: las esqueléticas estructuras narrativas dieron paso a complejos guiones preparados por la profesora Tórrez, nuestras ropas vulgares cedieron su lugar a disfraces alquilados o comprados que imprimían mayor realismo a la escena, fines de semana fueron empleados en el ejercicio y perfeccionamiento de los roles. No nos importaba nada más que la historia, nuestra historia.

Un día Solorzano me dijo que se había cansado de la simulación y que quería convertir la actuación en realidad. Le entendí al instante: después de meses de simular la realidad, yo también estaba dispuesto a ir un poco más lejos. Colgar a Villarroel no debía entenderse como simular colgar a Villarroel sino, simplemente, *colgar a Villarroel.* Nos dispusimos a formar un grupo secreto. En menos de tres días, ya éramos siete. En menos de una semana, ya éramos todo el curso.

El primer período que elegimos fue el del Golpe de Estado de García Meza. Lo llevaríamos a cabo el primer sábado del próximo mes, en un descampado a orillas del río Rocha. Para procurar espontaneidad, resolvimos que no existieran ni guión ni ejercicios; una vez asignados los roles a la suerte, cada uno se encargaría de informarse de su personaje, de conseguir armas y municiones, disfraces y frases memorables.

Los días pasan y el nerviosismo crece en el curso. Nadie menciona el tema, pero éste está presente de manera omnímoda desde la asignación de los roles. La risa histérica de Oropeza testimonia su intranquilidad, su desconsuelo de tener que oficiar de Arce Gómez. Alba y Villamil, paramilitares, despliegan arrogancia al por mayor. Yo no me puedo quejar: haré de García Meza, estaré en el centro de los acontecimientos, de mis órdenes dependerán vidas, de mi voz y mis actos dependerá la historia. Será magnífico.

Esto sí, no lo puedo negar, al ver el rostro de Borda, que a veces muestra orgullo y a veces miedo, siento pena por él: con su suerte acostumbrada será, para nosotros, Marcelo Quiroga Santa Cruz.

DESASOSIEGOS

Un pasatiempo sin sentido

Es curioso que después de vivir juntos durante más de seis años él siga preguntándome mi nombre con inusitada frecuencia. Puedo buscar razones, pensar en la versión opuesta de Irineo Funes, sospechar un atroz descuido hacia mis respuestas, hacia todo lo que yo le digo (porque, lo he comprendido, no sólo olvida mi nombre) cuando nos encontramos en el almuerzo, en la cena, a veces en el desayuno: nada de eso evitará la molestia, el pertinaz desdén con que le responderé.

A veces razono que lo mejor es acabar con esta farsa, liberarme de su desinterés. Pero luego recuerdo que es mi único amigo y me resigno a no perderlo. Al menos me he prometido, para no hastiarme de mis respuestas, a manera de secreta venganza, de pasatiempo sin sentido, no responderle dos veces con el mismo nombre.

Sé, sin embargo, que esta situación es temporal: algún día agotaré los nombres que conozco y deberé elegir entre romper mi promesa o perder su amistad. Sé, también, que preferiré la soledad a ser infiel a mí mismo. Todo lo sé, lo sé muy bien, pero no puedo eludir al miedo a la llegada de aquel día. Por eso, como desesperado recurso, como solución tampoco definitiva, he dejado mi trabajo para dedicarme por completo a la búsqueda, a la recolección de nuevos nombres que me permitan atrasar el ineludible final.

La clase

Aunque a primera impresión lo parezca, con mis piernas cruzadas bajo el pupitre y mis ojos distraídos yendo del profesor al pizarrón y luego hacia la ventana, yo no estoy en esta clase. Me he alejado de ella desde el momento en que traspuse el umbral y me senté en el lugar acostumbrado. La primera impresión, al igual que las demás, es siempre mentirosa.

Mis compañeros tampoco están en esta clase. Aunque parecerían hallarse tomando notas sobre la toma de Constantinopla por los turcos, atentos y con el ceño fruncido, a mí no me engañan. Yo los conozco muy bien, y sé que ninguno de ellos está aquí.

El profesor tampoco está en esta clase. Habla sin la rutina a la que nos tiene acostumbrados, habla con pasión, con énfasis, con demasiado énfasis, como si verdaderamente le interesara la toma de Constantinopla, como si su forzada exageración pudiera ser capaz de convencernos de que sí, es cierto, él está aquí. Al contrario: el énfasis, la exageración son la prueba más convincente de que él no está aquí.

Este salón está vacío. Y en él ronda ese olor a muerte que posee toda ausencia.

LA FUGA

El ocho de junio de 1987, a las cuatro y cuarto de la tarde, en el penal de San Sebastián, Cochabamba, Bolivia, se produjo la fuga de Remigio Pedraza, oficial de guardia.

La fiesta

Llegaste a tu casa a las tres de la madrugada y te encontraste con una fiesta de disfraces. Tú no la habías organizado y no sabías quién podía haberlo hecho porque vivías solo, así que te apoderaste de un sentimiento de extrañeza y con él te dirigiste, sucesivamente, a un arlequín, a una prostituta de maquillaje excesivo, a un pirata con un loro en el hombro derecho. Nadie te dio razones, nadie parecía conocerte. Creíste que lo mejor era dormir para así poder despertar y comenzar de nuevo, pero en tu cama dos payasos hacían el amor. El cuarto de invitados estaba cerrado por dentro, del baño salían febriles gemidos, en la sala de estar parejas semidesnudas se emborrachaban: no tenías dónde ir. Abriste una botella de cerveza y decidiste participar en la fiesta. Bailaste, besaste, te besaron.

Se fueron aproximadamente a las seis. Ninguno se despidió de ti. Te dirigiste a tu cama pero no pudiste llegar a ella: exhausto, te desplomaste en el pasillo y te quedaste a dormir allí, enredado en serpentinas, un vaso vacío en la mano.

EN LA BIBLIOTECA

Desde hace cuatro años que soy director de la Biblioteca Municipal de Cochabamba, la única existente en la ciudad. En estos cuatro años sólo se han prestado cuatro libros, y no es que la gente no venga: al contrario, si bien la lectura ha sido siempre un pasatiempo de pocos, los cochabambinos son dados a ella en exceso. Pero sucede que cuando se acercan a la mesa principal y me encaran con el libro en la mano después de haberlo buscado algunos minutos entre los estantes ordenados con rigor, no puedo evitar pensar que apenas traspase la puerta el libro estará alejado de mi custodia, a merced de peligros sinfín, un café derramado, un niño con las manos enfundadas en mermelada, una lectura literal, un incendio, y entonces elaboro excusas, el alcalde ha reservado ese libro, estamos en inventario, la regla de la biblioteca es no prestar libros los primeros martes de cada mes, y ellos las aceptan y se van sonrientes prometiendo un pronto retorno, y esa ausencia de enfado o preguntas y esas sonrisas me desarman y me crean sospechas: quizá los he librado de algo que no querían hacer, quizá quieren leer no por el placer de leer sino porque necesitan una prueba tangible de que no están vacíos, de que la cultura les importa, de que el interior les interesa tanto como las cosas materiales que envenenan el aire de nuestro tiempo.

Sé que la mayoría de mis conciudadanos se halla contenta con mi labor, pero siempre existe la posibilidad de que los descontentos (porque tienen que haber, aunque no me lo demuestren) vayan creciendo en número y cualquier rato pasen a ser mayoría y entonces alguien sugiera mi renuncia. Y yo, que entre mis defectos no cuento ni la flaqueza ni la resignación, me atrincheraré en la biblioteca y continuaré en la custodia de mis libros, absorto en la lectura y a la vez vigilante, esperándolos, esperándolos.

En el parque de diversiones

Ésta es la segunda vez que visitas el castillo del terror, Juan Luis. Ayer lo hiciste, por primera vez caminaste por esos pasillos en que la luz no es, y se cruzaron frente a ti fantasmas y rostros sin cuerpo, y viste un cementerio desbordado de murciélagos y luego esqueletos fosforecentes a ambos lados del camino. Atravesaste un puentecito que, al bambolearse sin freno por algunos minutos, te extrajo desesperados gritos de angustia. Antes de salir vino lo peor, el encuentro con la espectral bruja que te sofocó en su abrazo y que luego, al mirar tu rostro despavorido, invocó al espíritu de las tinieblas y te lanzó una maldición. Dijo que hoy, a las doce de la noche, te devorarían los cuervos a picotazos.

Pero hoy vas a quebrar el maleficio, Juan Luis. Tus padres, que te esperan afuera, no han visto que entre los pliegues de tu ropa escondiste un afilado cuchillo de cocina. Y ahora, concentrado en lo que harás cuando aparezca ella, eres inmune al terror de los gritos y los espectros y las tumbas que a cada instante abandonan las calaveras. Caminas a paso firme, mirando sólo al frente, empuñando el cuchillo con ambas manos. Cruzas el puentecito tambaleante y ya está, si se repite lo de ayer ella te espera en el próximo recodo. Te persignas.

Allí está la bruja, fulgurando en la oscuridad. Su carcajada maligna te alcanza, y por un momento vacilas. Pero ella ya está junto a ti, su rostro de horror perfecto casi tocando el tuyo, y sus brazos te encierran y es entonces cuando le hundes el cuchillo. Su rostro no cambia de gestos, sus brazos te sueltan, la carcajada se transforma en una exclamación de sorpresa y dolor que va a confundirse con las demás exclamaciones que pueblan el castillo del terror. Con tu cuchillo incrustado en la altura del estómago, cae al suelo.

Cuando sales del castillo, sientes el alivio de liberarte al fin de la oscuridad. Tus padres te están esperando, y al verte tu madre comienza a gritar: "¡Hijo! ¡Estás todo manchado de sangre!".

Y tú corres hacia ella y la abrazas, y con el rostro en su regazo comienzas a llorar.

Fotografías

a los amigos de Berkeley

En este álbum de fotografías se encuentran pruebas de la existencia de algunos seres de la muchedumbre que fui y soy yo. En esta foto, por ejemplo, uno puede observar una de las múltiples versiones que encarné de adolescente, la sonrisa despreocupada en la puerta del colegio, la mirada que confía en que la historia tendrá un final feliz. Aquí, entre amigos, se halla el ser que soñó algún día con seguir los pasos del Che. El que posa en medio de dos campesinos es el que estuvo a punto de irse a vivir a un pueblito del valle cochabambino para descubrir la parte de su país que era un misterio para él. Esta foto desvaída muestra al joven que amó a y sufrió por Ximena. El que pedalea en el triciclo azul es un niño en paz que no supo nunca de la existencia del ser angustiado de la foto en blanco y negro de al lado, los ojos que miran penetrantes y a la vez no miran en una burda imitación del ejemplo de esos días, Kafka. Allí, borracho, con un desconocido, se encuentra el ser que en la madrugada del veinticuatro de febrero de 1971, día en que cumplía veinticinco años, prometió que no descansaría hasta que Bolivia retornara al mar. El de pelo corto, abrazado por sus padres, es una versión de pocos días, los suficientes para creer en y descreer de la política. El que duerme la siesta sin enterarse de que una foto lo acababa de atrapar es el que, día tras día, no dejaba de pensar en el suicidio de Germán Busch. Allí, en el extremo izquierdo en esa foto de grupo, está el que se casaría sin convicción y siete meses después se divorciaría sin convicción. El ser que, en esa foto recortada de un periódico, está siendo posesionado como ministro del gabinete de García Meza, es el que temía demasiado a la muerte y eligió vivir el resto de sus días con el estigma de la cobardía. Esa foto, tomada en un burdel el día en el que cumplía cuarenta años, es de aquél que bebía hasta la intoxicación porque no encontraba cosa mejor que hacer. La última foto, tomada hace poco más de una hora con una polaroid, es de un ser, o seres, que todavía no conozco.

Suena el timbre del teléfono. Contesto. Preguntan por Gonzalo Peña. Es un nombre que he oído muchas veces, aplicado a los seres que habitan las páginas de este álbum de fotos. Es mi nombre, pero por alguna razón, como cuando uno repite varias veces una palabra y ella termina por perder su sentido, es un nombre que ya no me nombra. Sin mentirle, sin intentar esconderme, le digo que aquí no vive ningún Gonzalo Peña, número equivocado. Cuelgo.

Vuelvo a mirar la última foto del álbum. La extraigo y arrojo el álbum al basurero. Nunca podré responderme qué hacía una foto mía en un álbum ajeno.

A siete minutos del colapso

La mujer de la cabellera negra y los jeans descoloridos cruzó la avenida vacía en el silencio de la tarde, precedida y perseguida por papeles arrugados y hojarasca que el viento arrastraba sin prisa, y se detuvo frente a la puerta del almacén. La golpeó con violencia y esperó una respuesta. Nada sucedió durante algunos minutos. Insistió, y al final una ventana se abrió en el segundo piso, asomándose a ella la figura de un hombre viejo enfundado en un terno gris.

—La tienda está cerrada —dijo él, la voz nerviosa—. No le puedo vender nada.

Ella agitó en el aire el walkman que sostenía en la mano derecha.

—Sólo quiero un par de pilas pequeñas.

—Pero...¿usted no escuchó la radio? ¿No vio la televisión? ¿No sabe que faltan siete minutos para el colapso?

—Sí, ya lo sé. Sólo quiero escuchar este cassette. Me pone nostálgica. Me recuerda a algunos días y noches de mi adolescencia.

—Usted está loca. Debería estar rezando —dijo el viejo persignándose y cerrando la ventana.

Ella suspiró. Dio la vuelta y se dirigió a la parte central de la avenida. Se sentó ahí, las piernas cruzadas. Pensó en una tarde de lluvia, ella en su habitación tratando, con una guitarra, de colocarle música al primer poema que había escrito en su vida. Qué hermoso el tiempo del primer amor, pensó. Qué habrá sido de él. Intentó recordar su rostro. No pudo: apenas vino a ella un fragmento, la revelación de unos ojos tristes y extraviados.

A lo lejos, un trueno reverberó.

En la torre de control

Una vez más en veintidós años de trabajo, en la torre de control del aeropuerto de Verdecillas, Herales tiene entre sus manos el destino de más de doscientas personas en dos aviones y siente deseos de equivocarse. Día tras día sus órdenes han permitido aterrizajes y despejes perfectos, necesarios cambios de ruta, imprescindibles correcciones en las coordenadas de vuelo; órdenes que en general ha sido fácil dar, con una suerte de orgullo y satisfacción por el deber cumplido; pero de vez en cuando, como ahora, el deseo de apartarse del curso rutinario de los acontecimientos ha sido extremo. Rebelarse contra lo preestablecido, cruzar una luz roja, dar instrucciones incorrectas...

La voz del copiloto del 727 de Aviasur pregunta una vez más en qué pista se puede aterrizar. Herales sabe que A–27 y A–29 están despejadas, y que acaba de dar permiso para utilizar A–31 en su despegue a un 737 de Darain. Está a punto de enviar all 727 a A–29, pero duda; un minuto, responde, confirmaré todo en un minuto.

Por la ventana ve el día que fluctúa, de acuerdo a las nubes que son arrastradas continuamente por un viento agresivo, entre un sol magnífico y unas sombras sosegadas. En un día como hoy nada debería suceder, piensa. Luego cuenta rápidamente: ciento cuarenta y siete más cerca de unos noventa. Doscientos treinta, al menos. Piensa en su esposa, en la sorpresa que se va a llevar.

¿Es una rebelión? ¿O es hacer algo por el simple hecho de hacerlo, por lo gratuito del acto? ¿O es el puro placer de ceder a una tentación, a un cruel impulso? Las preguntas se agolpan en la mente de Herales. La respuesta es menos clara de lo que parecía en principio.

A–27. A–29...

La voz del copiloto del 727 vuelve a escucharse. Herales carraspea, se toca la frente húmeda con las manos, se aclara la voz, y luego da las instrucciones de manera pausada. Cuando termina de darlas, se da cuenta de lo que ha hecho; le viene el arrepentimiento, quiere corregir su acto, exclamar no, la A–31 no. Pero no dice una sola palabra, se queda en silencio mirando a la pantalla del radar enfrente suyo: el arrepentimiento ha venido, pero también se ha ido.

Cuando sus compañeros de trabajo lo encontraron encerrado en el cuarto de baño y revolcándose a carcajadas, no supieron en principio el porqué.

LEYENDA DE WEI LI Y EL PALACIO DEL EMPERADOR

Una mañana, el anciano Wei Li fue convocado al Palacio del Emperador. Había vivido toda su vida en una pequeña aldea de pescadores y no sabía dónde quedaba el Palacio, aunque lo imaginaba en la capital del imperio, que nunca había visitado. Cuando preguntó por direcciones en el mercado, un guardia le dijo que el Palacio estaba en todas partes, que el Palacio era el Imperio. Tus pies descalzos pisan ahora uno de los pasillos del Palacio, le dijo; tu choza se halla en uno de los jardines del palacio; toda esta aldea, le dijo, es parte del Palacio. No tiene sentido ir a la capital en busca del Palacio porque el Palacio ya está aquí.

Wei Li entendió y pensó que la mejor forma de obedecer la orden era retornar a su choza y esperar en su habitación la llegada de una nueva orden.

A la semana siguiente, dos guardias aparecieron en su habitación y lo sacaron a rastras de su choza. Wei Li fue ejecutado en el acto y su cabeza fue clavada a una pica en el centro del poblado, para escarmiento de quienes se atrevían a desobedecer el llamado del Emperador.

Esquinas

Otra vez estoy perdido, pensó. Ya ni siquiera la sofisticación del laberinto; ahora es suficiente una línea recta.

—¿Le pasa algo?—la voz lo sacó de la abstracción. Era un policía.

—Sí. Pero no creo que usted pueda ayudarme.

—Usted ha estado parado en esta esquina por más de una hora. Quizás lo pueda ayudar.

—Bueno... Estoy perdido.

—Ah... Si de eso se trata, tiene razón. No lo puedo ayudar.

—Le dije.

—Cada vez resulta más fácil perderse en esta ciudad. El otro día me quedé parado en medio de una calle. No sabía dónde estaba yendo. O si lo sabía, lo había olvidado. Estuve ahí, parado por más de tres horas.

—¿En serio...?

—Sí. A mi hermana le pasó algo similar. Debe ser la época del año.

—No había pensado en esa posibilidad.

—En algo debe influir. Supongo. Lo dejo... Debo volver al trabajo. Gusto de conocerlo.

— Igualmente.

De retorno a la soledad, pensó en las palabras del policía. Sí, acaso era la época del año. Una época que duraba doce meses. Caminó en dirección hacia la plaza principal. Después de dos cuadras volvió a detenerse, a tres pasos de una esquina. No había caso: definitivamente, era la época del año.

Inéditos

INVENCIONES

1990

El escritor Ramiro Galdós explica al escaso público que ha acudido a escuchar su conferencia que en su novela *La Esperanza* había intentado narrar la historia de un crimen ocurrido tres años atrás, el cuatro de marzo de 1987 por la tarde. El crimen sucedió en el edificio Jacarandá, pero él se permitió la libertad de situarlo en un edificio llamado *La Esperanza* porque quiso aprovechar las ventajas que daba este tiempo de lecturas paranoicas: no habría, pensó, lector alguno que no reparara en el nombre del edificio como una clave esencial para desenterrar la alegoría de la historia. Con la misma finalidad, el asesino, un abogado de cuarenta y cuatro años llamado René Reynoso, se convirtió para él en un vagabundo carismático de pasmoso amor al prójimo, Jesús, treinta y tres años recién cumplidos, y la fecha del crimen fue trasladada al veinticinco de diciembre de 1998, a la madrugada.

En realidad, continúa Galdós, René Reynoso era amante de Vera de Lozano y fue asesinado por Ricardo Lozano, esposo de Vera. Un caso típico de crimen en que el motivo pasional era tan claro que uno no necesitaba de ninguna elaboración mental para descubrirlo. Contar la historia tal como había sucedido, en forma directa, acaso le hubiera valido el éxito comercial, pero sus pretensiones literarias fueron siempre elevadas y si de algo podía vanagloriarse era de no haberlas jamás traicionado. Por ello, decidió eliminar el motivo pasional y transformar a Ricardo Lozano, talentoso pintor, en el mediocre hombre de negocios José Pérez. No quiso explicitar el motivo, confiado en que ninguno de sus lectores dejaría de atar ciertos cabos: Jesús era asesinado por un hombre de negocios, mediocre, común, un tal José Pérez que representaba a todos los hombres. Jesús era asesinado por todos los hombres, incluido, era obvio, el lector. El sueño de Cortázar se realizaba.

Ricardo Lozano se halla hoy en San Pedro cumpliendo cadena perpetua, dice Galdós después de una pausa; sin embargo, al final de su historia, Pérez, sin trazo alguno de remordimiento, se prepara a abordar un avión del Lloyd que lo llevará a Río de Janeiro. Sí, podían concluir los lectores, éste era un escritor audaz, sugería nada más y nada menos que la humanidad entera había asesinado a Jesús y luego de ello había continuado su existencia como si nada hubiera sucedido.

Pero él no se hallaba interesado en sugerir algo ya sugerido por otros hasta la extenuación, una idea elemental que no necesitaba de la literatura para ser corroborada o desmentida, y tampoco le interesaba mucho la primacía de la alegoría sobre la historia, el olvido de la narración en provecho de la interpretación. No, sus fines eran más prácticos: inventar, a través de una cadena de pequeños artificios, ese artificio mayor llamado lector, y atraparlo para siempre. Lo había intentado aquella vez, lo había intentado muchas veces.

Ahora ya sé que he fracasado en mi intento, dice, y la voz se le resquebraja: el lector, una vez concluido el texto, se va liberando poco a poco, los artificios se van esfumando, las frases se desvanecen en la memoria, hasta que llega el inevitable momento en que la liberación es total, el lector se disuelve por completo, el texto se ahoga en el vacío.

¿Por qué, entonces, persistía en esta empresa? Para esa pregunta sólo existe una respuesta, dice Ramiro Galdós. Mira a la escasa audiencia, recupera la firmeza, eleva la voz: porque mientras intentaba inventar al lector, poco a poco, sin darme cuenta, me fui inventando a mí mismo. Ahora, deliciosa crueldad, sublime tortura, yo ya no soy yo sin ello.

Patchwork

a Alberto Fuguet (1998)

Jeff, el dueño del piso que mi esposa Giuliana y yo alquilamos, apareció por fin cuatro días después de que lo hubiéramos llamado. Eran las tres menos cuarto en el reloj de pared de la cocina: cuarenta y cinco minutos tarde. Llevaba un largo y viejo sobretodo café que dejaba ver un *jean* con manchas de pintura blanca, una camisa a cuadros en sus últimos días, y una barba desprolija en un rostro huesudo, de ojos inyectados en sangre. Me pregunté cómo había logrado, con esa pinta de vagabundo, ser dueño de más de veinte casas por alquilar en todo Ithaca. El éxito económico no había logrado borrar sus orígenes pobres, su infancia de ojos mirando de lejos el espectáculo de vitrinas elegantes y supermercados desbordando mercadería.

Jeff pidió disculpas por haberme dejado esperándolo el día anterior. Hizo un poco de espacio entre las cajas de herramientas del asiento delantero de la *pick-up;* me senté sobre una guía telefónica, las piernas contraídas en un hueco lleno de tarros de pintura. Hacía frío, el frío de Ithaca con la brisa espectral, asesina de cuerpos con la puñalada de la infame sensación térmica.

La camioneta partió. Íbamos a una de las casas vacías de Jeff, a buscar un par de muebles para nuestro piso. El fin de semana anterior, Giuliana y yo habíamos ido a visitar a unos amigos en Washington; al volver, nos encontramos con la ropa y los libros y la computadora tirados en el suelo. El socio de Jeff se había peleado con él, y decidió llevarse los muebles que le pertenecían de las casas que arrendaban juntos. Había entrado también al sótano y se había llevado la bicicleta de Giuliana. Mi esposa montó en cólera, habló de consultar abogados, y perdió el sueño ante la imagen de un hombre caminando en la penumbra de nuestro piso, sacando nuestra ropa interior de los cajones de los muebles y poniéndola, ordenada, en el suelo mientras lo mirábamos desde las fotos en las paredes, las sonrisas todavía en la luna de miel. Había dejado una nota pidiendo disculpas por la intrusión.

—La bicicleta seguro que fue una equivocación —dijo Jeff en su inglés gutural—. Él no es un ladrón. Hijo de puta, pero no ladrón. Seguro que pensó que era una bici suya que había dejado en el sótano hace tiempo. Ya lo ubicaré. He estado llamando a su teléfono y no contesta.

—Ojalá —dije—. Estos meses han desaparecido varias cosas de la casa. Uno que otro libro, algunos adornos. Nada grave, pero ya una bici es preocupante. A mí me gusta el lugar, pero mi esposa quiere mudarse. Me pidió que esta tarde consiguiera no sólo los muebles sino también la bicicleta.

—Eso será un poco difícil.

El barrio en el que vivíamos estaba cerca de los *projects*, esos deprimentes edificios municipales para gente con escasos recursos. Nuestra casa, nos contó una vez Jeff, fue alguna vez una *crack house*, un refugio de narcotraficantes que se incendió y tuvo que ser evacuado por la policía. Había sido, también, la primera casa que alquiló Jeff al llegar de New Jersey, dieciocho años atrás. La primera casa que compró, la que dio inicio a su afortunado negocio inmobiliario.

—¿Y cómo van los estudios? —preguntó, bajando por Buffalo y rumbo a Cayuga.

—No soy estudiante —dije—. Enseño.

—¿Profesor? ¿En Cornell?

—Ajá.

Jeff me miró con asombro.

—¿De...?

—Escritura de guiones.

—¿Para el cine...?

—El cine, la tele, etcétera.

Algo en la imagen que Jeff tenía de mí había cambiado. Casi todos sus inquilinos eran estudiantes, y había asumido que yo era uno de ellos. Me miraba como si jamás hubiera estado tan cerca de uno de esos profesores de la universidad que había hecho famosa a su ciudad. ¿Es que no eran los profesores hombres viejos, canosos y sabios? De pronto, pareció darse cuenta que su camioneta estaba muy sucia, y el asiento muy estrecho para mí. Y todas aquellas llamadas impertinentes para recordarme que pagara el alquiler a tiempo... Sentí que en ese instante estaba dispuesto a llamar a la policía para denunciar a su ex-socio por robo de bicicletas.

Me preguntó si yo había escrito algo. Tres guiones para películas, le dije, todas en mi país.

—¿De qué trata la última?

—Es una película de suspenso. Un paramilitar quiere matar a un político a punto de ganar las elecciones. El candidato es indígena, y el paramilitar no tolera la idea de que un indio sea el futuro presidente de su país.

—Acción, suspenso —dijo él con una sonrisa, emocionado—. Seguro que hay también un romance.

—Entre el político y la periodista. Pero no pasa a mayores.

—Así me gusta. Me cansan esas películas que terminan con boda, y vivieron felices y comieron perdices. Así que mi inquilino es famoso.

—No es para tanto.

—Escribe para el cine. Hubiera comenzado por ahí. ¡La cara que pondrá mi esposa cuando se lo cuente! ¿Desde chico?

—Llegué a esto de casualidad. Yo estudiaba ingeniería industrial, y me sentía frustrado. Un día vi una película que me encantó, vi la felicidad en las caras de los espectadores, y me dije, esto es lo que quiero hacer.

Luego, recordando las reseñas mediocres que habían recibido las películas para las cuales escribí guiones, continué:

—Todavía no he hecho una de esas películas, pero hay que seguir intentando. Al menos me gusta lo que hago. Aunque una cosa es enseñar a escribir guiones, y otra ser capaz de escribirlos. Los académicos somos buenos para discutir sobre guiones, pero no necesariamente para crearlos.

Llegamos a la casa, de paredes muy blancas a medio pintar, de chimenea y aire victoriano. Jeff estacionó.

—Muy linda —comenté.

—Es de 1862. Estaba muy vieja y se caía. La estamos remodelando. No estará habitable hasta dentro de unos meses. Así que sacaremos un par de muebles del sótano.

—Debe ser mucho trabajo.

—Lo peor es al principio y al final de cada semestre. Tengo que corretear como loco para dar gusto a todos, llevando muebles de aquí para allá.

Ese era el origen del *patchwork* que era mi piso y que disgustaba tanto a Giuliana: sillas que no iban con la mesa, sofás que no tenían nada que ver con los libreros, muebles y muebles de juegos distintos, una miscelánea de lámparas y sillones que no se hablaban entre sí. Jeff iba de un lado a otro salvando incendios, más preocupado por llenar huecos en las habitaciones que por armonizar conjuntos.

Bajamos al sótano y cargamos a la parte posterior de la camioneta, con la ayuda de un chico que estaba pintando y parecía jugador de fútbol americano, dos muebles muy pesados. Partimos.

En el camino le pregunté a Jeff cómo había llegado a Ithaca.

—Vine con una beca a estudiar arte. Increíble, ¿no? Conocí a una mujer mayor, dueña de la casa que yo alquilaba.

—Sandrine —dije. Los había visto juntos, un par de veces habían pasado por la casa. Ella tenía el pelo blanco y la piel de la cara caída, las arrugas cruzando su tez de un lado a otro.

—Ajá. Me enamoré de ella y me casé. Dejé los estudios y me dediqué a ayudarla en el negocio. Y aquí estoy, todavía con ella y muy feliz.

Un tipo con pinta de vagabundo, más albañil que propietario, con un matrimonio estable y un negocio muy próspero. Eso tampoco armonizaba. Imaginé a un Jeff vividor, casándose con una mujer que podía ser su madre para apoderarse del negocio.

Fuimos en silencio de regreso a mi piso. Jeff hacía un esfuerzo por asimilar la nueva información sobre su inquilino. *Así que cine,* murmuraba, *así que cine.*

Llegamos, estacionamos y cargamos los muebles, depositándolos uno tras otro en el living. Más material para el *patchwork.*

—Giuliana se encargará de ponerlos donde les corresponde —dije, entrando al baño a lavarme las manos. Cerré la puerta y me miré en el espejo. Yo era diez años mayor que Giuliana. Ella estaría todavía lozana cuando me llegaran las arrugas y las canas y quizás la calvicie y algún cáncer. Como Jeff con su esposa, podríamos pasar fácilmente por una pareja filial pero no conyugal, el padre con la hija, la madre con el hijo.

Salí del baño. Jeff me esperaba afuera. Subía al auto cuando se detuvo y me dijo:

—Hace catorce años que tengo una idea para un guión. No se la he contado a nadie, porque... no sé por qué, supongo que porque no es lo mío esto de los guiones. Pero se la cuento, quizás usted sepa qué hacer con ella.

Quería entrar a la casa, hacía frío, pero me dispuse a escucharlo, rogando que fuera un guión breve. Cuántas veces lo mismo, la gente que sabe que te dedicas a escribir historias y viene a depositar en tus manos el tesoro guardado durante años, o, más presuntuosa, te dice que su vida da para una película, *te la cuento y tú te encargas del resto.* Cuántas veces lo mismo.

Jeff dijo:

—Es la historia de un cargador de maletas en el aeropuerto. Está cansado del trato injusto que recibe de los pasajeros, sobre todo de los de primera clase, que le dan miserables propinas, y decide vengarse. Comienza robando pequeñas cosas de las maletas, mientras ellos no se dan cuenta, atareados con sus pasajes en el mostrador. Luego siente que eso no es suficiente, y dice que las aerolíneas también tienen que pagar por tanta explotación. Con sus ahorros le compra un pasaje a su esposa, y le dice, nos vamos de vacaciones al Caribe. ¿Y pasaje para ti?, pregunta ella. No te preocupes, dice él, me meteré de polizón en el compartimiento para las maletas, viajaré gratis, y desembarcaré en Aruba contigo. Es un plan arriesgado, dice ella. Confía en mí, dice él.

La historia tenía futuro. ¿Cómo saldría del paso? Tan fácil comenzar a narrar, tan difícil mantener el rumbo, cerrar el relato, encontrarle un sentido a lo narrado.

Jeff hizo una pausa teatral.

—Luego vemos el viaje de los dos —continuó—, y a ella desembarcando en Aruba, y esperándolo en el aeropuerto, consultando ansiosa su reloj. No aparece, y ella se angustia, y decide dar parte a la policía. Y, en la última escena, vemos una toma del compartimiento para las maletas, el avión que ha aterrizado, la cámara que se acerca a un cuerpo tirado en el suelo. Es el cuerpo del cargador, muerto, congelado. Había tomado el avión equivocado, y había aterrizado en Alaska. ¿Qué tal?

Deplorable, pensé. Un *patchwork* de Elmore Leonard y un pésimo capítulo de *The Twilight Zone.*

—Interesante —dije—. No sé si dará para una película. Quizás algo más breve, de una media hora, para la televisión.

—Ese ya no es mi problema —dijo, entusiasmado—. Si encuentra algo, avíseme. Guardé este guión durante catorce años, es un alivio contárselo a alguien.

Me dio la mano y se fue. Entré a la casa, pensando qué título podría ponerle a ese relato. Nada se me ocurría.

Me senté en el sofá, cansado y con frío. Miré los dos muebles incongruentes que acababa de traer, uno café claro y otro café oscuro. Catorce años. Era conmovedor. Cuántos como él con un relato entre los dientes, incapaces de abrir la boca por miedo al ridículo, a descubrir que su relato no es original, es una patética y poco creativa mezcolanza de varios relatos escuchados o vistos con los ojos muy abiertos, o entreabiertos, o a veces cerrados. Quizás eran más sinceros que nosotros, los que abríamos la boca pensando que teníamos algo para decir, algo para agregar al interminable relato del mundo.

Fui a la cocina a servirme un jugo de naranja. Noté que el reloj de pared había desaparecido. Giuliana no me lo perdonaría, no sólo no había recuperado la bicicleta sino que había dejado que un reloj se escapara.

Me pregunté si alguno de los hijos o inquilinos de Jeff estaría manejando la bicicleta de Giuliana, y en qué casa haría él que el reloj de pared llenara un hueco, continuara marcando, segundo a segundo, minuto a minuto, hora a hora, el *patchwork* de los años.

Extraños en la noche

1999

—Felipe, ¡despierta!

—Eh, eh...—miró a su esposa con los ojos entreabiertos, como si se tratara de una aparición.

—Escuché ruidos abajo —susurró Rita—. Tengo miedo.

—Los muebles hablan entre ellos de noche. Vuélvete a dormir.

—Es en serio, Felipe. ¿Y qué si nos roban?

—Eso. ¿Y qué?

Felipe terminó de despertarse. Había babeado en la almohada y en su polera con un dibujo del Demonio de Tasmania, el sueño muy profundo, el trabajo en el banco lo dejaba listo para el *uppercut* final de una hora de televisión y después a dormir. Ese era el precio de tanto triunfo. No podía quejarse. No debía quejarse.

Hubo un silencio y ahora sí escuchó, nítido, un ruido como de objetos de metal entrechocando. Luego pasos sigilosos. Edipo no había ladrado, para eso uno compraba perros.

—¿Vas a bajar? ¿Vas a bajar? ¡Ten cuidado!

No hubiera querido bajar: ¿para qué arriesgar su vida? No le quedaba otra alternativa: la voz y la mirada de Rita habían decidido por él. Se dirigió al armario, estuvo a punto de tropezar con los controles del Super Nintendo en una esquina. Buscó el revólver plateado que su abuelo le había regalado y que jamás había usado. Colocó las balas con torpeza. Ah, Rita, tan preocupada por el estéreo y las porcelanas de Lladró y los cuadros de Gíldaro y la alfombra persa y etcétera. Debía reconocerlo, había de qué preocuparse: los objetos se acumulaban, agresivos en su materialidad, ya tan imprescindibles en su universo que se tornaban naturales: formas convertidas en fondo.

Se detuvo en el umbral de la habitación. Antes de continuar miró ansioso a Rita, acaso esperando que ella lo liberara de su obligación. Sentada sobre sus piernas en la cama, el pijama de seda blanca y transparente por el que se adivinaban sus senos erguidos, batalladores, Rita lo empujaba al enfrentamiento.

—¿Y?

—Ya voy.

Se dio la vuelta, buscó la escalera en la oscuridad. La conocía de memoria, cuántas veces había subido borracho por ella, jamás un accidente. Se detuvo en el primer escalón. Ah, Rita. Estas cosas debían ocurrir para que se diera cuenta de cómo y cuánto lo había cambiado. No era sólo su culpa, algo debía haber en él muy receptivo a sus sugerencias, que no eran malas, después de todo.

Distinguió dos siluetas. Habían abierto la puerta principal y vaciaban el living metódicamente, como si se tratara de empleados de una compañía de mudanzas. No era difícil sospechar un camión aparcado en la puerta. Tanto cinismo escandalizaba. Ni siquiera se habían molestado en trepar la verja, seguro habían conseguido las llaves de la empleada o el jardinero. Ya no se podía confiar en nadie. Y el pobre Edipo, acaso despatarrado en el jardín.

Tuvo frío. Deseó haberse puesto al menos las pantuflas. ¿Y ahora qué? Había leído que si uno tenía entre sus manos un revólver, debía estar decidido a usarlo. En las películas, disparar parecía lo más fácil del mundo, tanto como mascar chicle o ignorar mendigos en la calle. Ni siquiera sabía cómo empuñar el revólver.

Capaz que disparaba y la bala se le metía por la sien, ¿no que las armas las disparaba el diablo?

El primer piso de la casa se vació. Era una operación concienzuda: para llevarse el refrigerador, aparecieron dos individuos corpulentos más, bien vestidos, el aire despreocupado. Ya ni siquiera se molestaban en disimular el ruido, confiados acaso en que la pareja en el piso de arriba, despierta y todo, estaría demasiado intimidada como para hacer algo. ¿Llamar a la policía? No sería de extrañar que los ladrones fueran policías. Había en ellos cierto alarde de impunidad que sólo procuraba el comercio con la autoridad.

En el rellano de la escalera, protegido por las sombras, Felipe fue descubriendo que le era más fácil no hacer nada que hacer algo. Había algo de despojamiento budista en su postura inmóvil, con un fulgurante revólver que parecía de juguete entre sus manos. Admirable, por lo meticuloso, el trabajo de los muchachos: gente que acaso no le hubiera caído mal, con quien podría haberse ido a emborrachar. De niño, en los juegos de policías y ladrones en el barrio, prefería estar del bando de los malos. Y las películas lo desilusionaban siempre al final, con ese empeño en ordenar el desorden, darle un inmerecido y muchas veces irreal triunfo a quienes no se lo merecían.

Después de todo, nunca le habían gustado los payasos de Lladró. Y el estéreo había sido un regalo de su insoportable suegra. Rita lloraría por la mesa, cuánto se vanagloriaba ante sus amistades de su auténtica Nathan Allen. ¿Los casettes para el Super Nintendo que acababa de comprar ayer y ni siquiera había abierto? Tarde: los había dejado sobre la mesa. Le daban pena los gallos de Gíldaro. Sin refrigerador ni platos no habría desayuno por la mañana. La falta de alfombra dejaría ver el estado lamentable del parkett. La ausencia de muebles agrandaría la casa y le daría un rostro vertiginoso al vacío. Habría más silencio. Quizás ya era hora de tener hijos. Debía ser realista: con Rita en la inmobiliaria y él en el banco, no habría mucho tiempo para nada. Las plantas se secaban, Edipo se moría de hambre (había que despedir a la empleada).

Las luces se encendieron y dos pistolas lo encañonaron.

—Así que el amigo quería sorprendernos —dijo un hombre de voz gangosa, la camisa impecablemente blanca.

—¡Ta ta ta chín tachín, cazador cazado! —dijo un enano pecoso.

—¡El demonio de Tasmania, qué susto! Eso no se hace, amigo. Fíjese que fuimos buenos.

—Nada de ruidos, nada de sangre.

—Ni siquiera matamos al perro.

—Nos hubiera sido fácil subir al cuarto y atarle las manos y dejar que nos mire haciéndola gozar a su esposa.

—Porque ella tiene cara de que algo le falta, ¿no?

Felipe quiso abrir la boca. La voz gangosa lo ponía aún más nervioso.

—Tanta gentileza, ¿para qué? Para que nos venga con una cosa tan lamentable como un arma de fuego en la mano.

—¡Un arma de fuego!

—Lamentable.

—¿Qué castigo se le dará, mandandirundirundán?

—Lo que usted diga, su señoría, mandandirundirundán.

Felipe balbuceó unas disculpas.

—Me quedé admirando su trabajo —continuó —. Muy

profesional. Tanto, que pensé que no podían irse sin este revólver. ¿Cómo irse sin lo más importante?

—Bromista, el amigo —los revólveres seguían encañonándolo.

—La verdad que es caro —dijo el pecoso tomándolo entre sus manos—. Ni debe funcionar, pero es de esas antigüedades que te pagan un montón.

—Sí —dijo Felipe—. Regalo de mi abuelo. Y arriba hay mejores cosas. Pasen, siéntanse como en su casa.

Los otros dos aparecieron el el umbral de la puerta.

—¿Qué pasa? ¿Por qué tardan tanto?

—Miren lo que encontramos —dijo el pecoso.

—Nos vio las caras. Hay que limpiarlo.

—Es bromista el amigo —dijo el gangoso—. Eso lo salva. Nos vamos. Si sabemos de alguna denuncia, volveremos. ¿Vio que no nos cuesta nada entrar a su puta casa?

—Y su esposa. Recuerde a su esposa.

—Gracias —dijo Felipe—. Muchas gracias.

Los hombres se fueron llevándose su revólver. Felipe subió lentamente al cuarto. La voz del gangoso repiqueteaba en sus oídos. ¿Qué castigo se le daría? Lo que usted diga, su señoría, mandandirundirundán.

—¿Qué pasó? Te escuché hablar con ellos.

—Nada, amor —dijo Felipe echándose al lado de Rita en la cama, dándole la espalda—. Duerme, mañana será otro día.

—Felipe, por Dios, ¿qué pasó? ¡No me puedes dejar así!

—Duerme, carajo.

El dueño del pasado

La llamada llegó a la medianoche. Subirats, que se había dormido con la televisión encendida, despertó sobresaltado. Tardó en darse cuenta de quién era esa voz familiar, y femenina, y susurrante. Era de Raquel, con la que había hablado por la tarde, con la que hablaba casi todos los días. Bajó el volumen del televisor, y escuchó el pedido mientras veía, en blanco y negro, las imágenes de un incendio forestal en Chile. Se lo merecían, jaguares de bolsillo.

—Un trabajo urgente —dijo Raquel—. Quiero que le inventes un romance escandaloso a Linda Basterra. Fechas, fotos, nombres, lo más detallado posible. De recién casada si es posible. Para las nueve de la mañana.

—Muy poco tiempo.

—Tienes los archivos, los contactos, ¿qué más necesitas?

—Hasta el mediodía.

—Máximo. No me falles. Después podremos festejar. Si te animas alguna vez.

Colgó. Subirats se levantó, fue a la sala y se sirvió Old Parr con mucho hielo. Luego se dirigió al estudio y encendió la computadora, en el escritorio una Alejandra adolescente sonriéndole desde un portarretrato.

A las once, Subirats llegó a las oficinas de *Prestidigitalia* y le entregó un diskette a Raquel. En el noticiero del mediodía, explotaría la noticia: Linda Basterra, la candidata a la Alcaldía, había tenido, a los tres meses de casada, un *affaire* con un holandés representante de una delegación comercial. En la pantalla apareció una foto de una Linda juvenil, abrazada a un hombre alto y rubio, mientras la encargada de leer las noticias describía, con voz melódica, la adolescencia de Dick van Dijk en Amsterdam, su pasión por Latinoamérica y su posterior muerte en un accidente en Río Fugitivo, al caerse al río mientras caminaba bordeándolo (se había ahogado, no sabía nadar). En la pantalla apareció el pasaporte de van Dijk, y luego unas escenas de sus restos recuperados del río.

Considerando que lo había hecho en una noche, el trabajo de Subirats era impecable. Era, sin duda, como lo llamaba Raquel en uno de sus tantos elogios que no conducían a nada, el dueño del pasado.

Subirats, un sobretodo negro para protegerlo de la implacable llovizna, fue a su restaurant tailandés favorito, en el centro comercial de Río Fugitivo. Mientras comía *pad-thai* y tomaba una Heineken, se distrajo pensando cómo contrarrestaría el bando de Basterra. Por un lado, desmentir lo ocurrido, mostrar que las fotos y el pasaporte y todo lo demás eran artificios elaborados con gran sofisticación por alguno de los grandes conglomerados que controlaban el flujo de imágenes en la ciudad. Se acusaría a los medios de actuar con premura, de no verificar sus fuentes antes de lanzar al aire la venenosa información (pero ya el daño estaba hecho; aunque, ¿qué daño? A la gente parecía no preocuparle mucho si lo que se decía de los políticos era verdad o mentira). Por otro lado, ir al ataque, e inventar algo del pasado de Pedro Unzueta, el otro telegénico candidato a alcalde y quien se hallaba detrás de los ataques a Basterra.

La gente devoraba las noticias como si fuera un gran entretenimiento, y parecía inmune ante los descalabros morales de que se acusaba a los candidatos. A eso se había llegado: la política como un espectáculo, a la vez fulgor deslumbrante y ciénaga podrida. Subirats terminó su Heineken. Era uno de los responsables del show, uno de los productores que trabajaba tras bambalinas, con ideas provocativas para mantener la fascinación, el encantamiento de los espectadores. A Linda Basterra ya le había creado hermanos ilegales, y un pasado de contrabandista de piedras preciosas y de jefa de juventudes de un grupo de ultraderecha. Lo peor de todo era que Linda le atraía: la tristeza en su mirada y el rictus de amargura en sus labios le recordaban a Alejandra, su amor de toda la adolescencia, su primer y único amor (pero no debía recordar a Alejandra, no era bueno). ¿Era cierto que los padres de Linda habían muerto cuando era niña? ¿Que un novio suyo se había suicidado? Difícil de creer, un paquete acaso armado por sus asesores creativos. Todo era ya difícil de creer, y aquellos que habían padecido orfandades y secuestros no eran más verosímiles que quienes se las habían inventado (las fotos auténticas, los papeles llenos de sellos).

Pagó la cuenta y se dirigió a su departamento. Seguía lloviendo, y el cielo persistía en un gris melancólico.

Subirats era un solitario que trabajaba para el mejor postor, incluso a veces para bandos opuestos al mismo tiempo. Dedicado a su trabajo, no se le conocía familia ni relaciones afectivas o sentimentales duraderas. La gente del *establishment* de las imágenes respetaba su independencia y su talento, y solía buscarlo para trabajos peligrosos y clandestinos. La policía lo había arrestado un par de veces, pero no llegó más allá de sacarle unas cuantas fotos de su rostro de nariz respingada y desprolija melena castaña (fotos que intentaban en vano atrapar la fisonomía de los criminales). Él jamás dejaba pruebas que señalaran su culpabilidad con contundencia.

En el ascensor rumbo a su departamento, recordó sus comienzos. Una compañera en la oficina de publicidad en la que trabajaba le había pedido que insertara digitalmente su imagen en unas fotos de La Paz (le había dicho a su esposo que el fin de semana iría a la capital por cuestiones de trabajo, cuando en realidad se perdería con su amante en un hotel oculto en las selvas del Chapare). El experto en Photoshop lo hizo con cuidado y sin demora, y, al ver los resultados, se emocionó como muy pocas veces: había alterado, de manera mínima pero fundamental, un pasado, una vida. El siguiente paso fue más fácil: cuatro años atrás, un operador político lo contrató para una campaña. La gente importante de la ciudad comenzó a susurrar su nombre. Dejó el trabajo, y se dedicó, desde su departamento, a ser, en su eufemismo favorito, un "consultor visual".

El ascensor –un chirriante artefacto que amenazaba con una pronta caída libre– llegó a su piso. Suspiró. Había alterado muchos pasados, pero el que le hubiera gustado alterar era el suyo: borrar un hecho atroz ocurrido dos décadas atrás. Era imposible. Aunque nadie más que él supiera lo que había hecho –y nadie más parecía saberlo, aunque a veces sonaba, extraño, el teléfono en la madrugada, y cuando contestaba había un silencio opresivo y acusador que le helaba la sangre–, el insomnio y la culpa lo acompañarían hasta el irrevocable fin de sus días.

Con el televisor encendido y Coltrane en el estéreo, trabajó en un par de casos fáciles: un millonario que quería mostrarle a sus hermanos que era amigo personal de Carolina de Mónaco, un industral que quería verse en una escena de *La guerra de las galaxias*. De manera sorpresiva, la televisión no le informó que se había comprobado que las fotos de Linda Basterra con el holandés eran fraguadas. Al contrario, el noticiero de las cinco mencionó que se había descubierto que el holandés era hijo de un gran filántropo y secreto benefactor de la vida cultural en Río Fugitivo. Subirats dejó el trabajo a medias y se puso a cambiar canales: todos decían más o menos lo mismo.

Se sintió jaqueado por un enemigo invisible y astuto: no sólo no hacía lo obvio, desmentir la existencia del holandés, sino que radicalizaba la mentira y presentaba pruebas fotográficas que confirmaban la existencia de van Dijk, y además de su familia. El *affaire* de Basterra era visto ahora desde un ángulo positivo, pues se trataba del hijo de un benefactor de la ciudad, con el toque de romance e intriga que le gustaba a la gente.

¿Quién podía haberlo hecho? Nadie que conociera, todos los que andaban en el negocio tenían más o menos el mismo, repetitivo *modus operandi.* Seguro un adolescente que había dejado el colegio pero era capaz de armar y desarmar una computadora con los ojos cerrados. Los tiempos cambiaban, aparecía una nueva generación mucho más sofisticada en la manipulación de la información y la imagen. Añoró los días en los que había cierto orden dentro de la confusión, en los que se trataba sólo de mentir y desmentir, y así sucesivamente, en una cadena que podía continuar hasta el infinito.

El teléfono sonó. Era Raquel.

—¿Te enteraste?

—Ajá —dijo él—. ¿Sabes con quiénes trabaja la campaña de Basterra?

—No se filtró nada. O son nuevos, o son extranjeros.

—Inteligentes.

—Por lo menos originales. ¿Y ahora? Los de Unzueta quieren una respuesta rápida.

Subirats ya sabía qué hacer, y se lo dijo.

Esa noche comenzó la construcción del pasado populoso y proliferante de Linda Basterra. Subirats había decidido combatir las mentiras con más mentiras, y le agregó al benefactor holandés un socio sudafricano en el tráfico de armas. La respuesta no se hizo esperar: el padre de van Dijk se había arrepentido de ese dinero mal habido, y lo había utilizado para fundar una serie de orfelinatos en Sud América (los orfelinatos, sin embargo, habían dejado de existir hacía mucho). Subirats contrarrestó con un video en que un niño que supuestamente vivía bajo un puente en Río Fugitivo confesaba haber sido abusado sexualmente por el holandés (las imágenes del niño las había sacado de un documental, y a ello había unido la grabación de la voz de un chiquillo que encontró en la puerta del restaurante tailandés, y que aceptó hacerlo por unos pesos). La respuesta: fotos del niño en la cárcel, acusado de mentir como forma de extorsionar a tres de sus exjefes.

A una semana de las elecciones, la gente parecía menos interesada en la cercana votación que en la saga colectiva que se iba construyendo en torno al *affaire* de Linda Basterra con van Dijk. La gente de Unzueta había aconsejado parar: Linda comenzaba a liderar con comodidad en las encuestas. Subirats, sin embargo, se negó, y después de argumentar que muy pronto tanta infamia alcanzaría masa crítica y hundiría a Linda, les advirtió que continuaría aun si lo despedían. A Linda la encontraba más atractiva, más triste, con más amargura que nunca –más parecida a Alejandra que nunca–, pero a la vez había terminado convirtiéndola en una excusa, un punto de partida para el gran fresco narrativo que iba elaborando con algún embozado "consultor visual" del otro bando.

Le hubiera gustado conocer a ese consultor o consultora, y estrecharle la mano.

Todo continuó en ese tono, y a la saga se fueron incorporando más nombres, incluso, por un lazo muy tenue con el benefactor –un soborno para ayudarlo a establecer una compañía de productos digitales–, el de Unzueta.

Dos noches antes de las elecciones, un canal difundió imágenes de un Unzueta adolescente caminando junto a van Dijk al borde del Río Fugitivo, y, al verse solo, empujándolo al río. Escenas en cámara lenta: Unzueta corría y pedía auxilio mientras su amigo era arrastrado por las aguas. Dramático *close-up* del momento en que el cuerpo del holandés desaparecía en las profundidades.

Era demasiado: el juego no podía continuar, esa mentira tenía que ser desmentida.

Subirats, un vaso de *Old Parr* en una mano y un cigarrillo en la otra, vio las imágenes y supo al instante que eran mentira. No porque habían sido mal fraguadas –al contrario, se trataba de un trabajo impecable–, sino porque sabía muy bien que Unzueta no podía ser culpable de la muerte de van Dijk. Lo sabía muy bien, porque el adolescente que había empujado a su amigo al río, veinte años atrás, no era otro que él. Y van Dijk había existido, o al menos su prototipo: Vladimir, el alto adolescente de ojos azules y padres yugoslavos. Vladimir, su mejor amigo, que acababa de confesarle que se veía a ocultas con Alejandra, la chiquilla con la que Subirats mantenía ya cinco años, desde los trece, una relación platónica. Los ojos tristes, el rictus amargo en los labios. Su gran amor, su único amor.

Había sido un impulso: la mirada de rabia, el empujón, y la caída al río. Luego, la rápida reacción al comprobar lo que había hecho: los gritos de auxilio, el relato del accidente. La policía se perdió en su acostumbrada ineficacia, o en la cara en ese entonces angelical de Subirats (la fisonomía no mentía). Hubo la acusación desesperada de Alejandra, hubo algunos rumores mal intencionados pero ninguna prueba concreta, y la gente le creyó, o al menos eso parecía. Todos, poco a poco, fueron olvidando lo ocurrido, o al menos eso parecía. Un día, Alejandra se fue de Río Fugitivo, no sin antes decirle que la venganza tardaría pero llegaría. No se supo más de ella.

Los hielos tintinearon en el vaso. La ceniza cayó a la sucia alfombra gris. El resplandor de la televisión hirió sus ojos.

Caminó de un lado a otro del departamento. Se acercó a un ventanal, espantó a una paloma refugiada de la lluvia en el alféizar.

Sonó el teléfono. Debía ser Raquel. No contestó. Hubo más whisky y cigarrillos.

Volvió a sonar el teléfono. Contestó.

¿Alejandra?, pronunció, vacilante.

Hubo un silencio acusador y opresivo. Colgó.

A la mañana siguiente, Subirats se dijo que debía presentarse a la central de la Policía, y, ante un distraído oficial de turno, confesar un crimen ocurrido un par de décadas atrás.

Llovía. Cuando se puso el sobretodo, se preguntó si recuperaría su pasado encerrado en la cárcel. ¿Debía un acto infame ahogar toda una vida? ¿No sería mejor, acaso, aceptar lo que había hecho, mantener fresca la memoria de ese instante en que se había perdido, y a Vladimir con él?

Cuando salió de su departamento, no sabía si sus pasos lo llevarían a la Policía o a las oficinas de Raquel. Un anciano completamente mojado, con un traje marrón lleno de remiendos, hurgaba la basura en la esquina de su calle. Le tiró unas monedas.

Mientras caminaba, se le ocurrió una manera de contrarrestar las imágenes de un Unzueta adolescente empujando a van Dijk al río. Incluiría a Alejandra en la historia: una amante de Unzueta que, por despecho, decidía hundirlo inventándose un relato truculento sobre la muerte de van Dijk.

Sus pasos le fueron enseñando que, si bien el primer amor y la culpa lo acompañarían hasta el final de sus días, no lo harían en una prisión.

Estudio

y

notas

Contexto literario de la época

Marcelo Quiroga Santa Cruz con *Los deshabitados* (1959) y Óscar Cerruto con *Cerco de Penumbras* (1958) inician lo que se ha venido en llamar la "nueva narrativa boliviana", superando el realismo característico de principios de siglo desde la obra de Arguedas hasta la narrativa del Chaco.

"Pero es hacia fines de los años 60 cuando comienzan a verificarse nexos con las obras de Quiroga Santa Cruz y Cerruto a través de una suerte de soltura narrativa especialmente en cuanto a tratamiento lingüístico se refiere en novelas como *Los Fundadores del Alba* (1969) de Renato Prada Oropeza, *Sombra de exilio* (1970) y el *ApocalÌpsis de Antón* (1972) de Arturo Von Vacano con *Manchaypuitu* de Néstor Taboada Terán, *Felipe Delgado* (1979) de Jaime Sáenz, entre otras, aunque dos son, a nuestro juicio, las novelas que mejor manifiestan este quiebre: *Tirinea* (1969) de Jesús Urzagasti y *Matías el apostol suplente* (1971) de Julio de la Vega" [1].

La evolución en la narrativa boliviana es paulatina y es en la década de los 70 que encontramos una nueva posición de los escritores que centran sus relatos en el hombre de la clase media y en la ciudad, "ya sea como escenario, ya sea como sujeto propio de un tratamiento novelístico [2]

Esta década marcada política y socialmente por los regímenes totalitarios produce un grupo de escritores interesantes

1 **Entre Señales y Presagios**, Juan Carlos Orihuela. (Apuntes para una aproximación a la narrativa boliviana de los últimos 15 años). Presencia Literaria; Presencia 27.12.1994.

2 **La Novela Boliviana en el último cuarto de Siglo** de Luis Antezana J. en Tendencias Actuales en la Literatura Boliviana Javier Sanjinés: Mineapolis, 1985 (pag. 47).

que sigue vigente en la actualidad. Luis Alberto Portugal sostiene que el movimiento intelectual generado en los años 70 y 80 es casi una ecuación simultánea con los movimientos sociales y políticos. Homero Carvalho, Jesús Urzagasti, Manuel Vargas, Gonzalo Lema, Paz Padilla, entre otros, tomaron la temática de la represión y luego su escritura derivó en la marginalidad, la vida urbana, la delincuencia, etc. [3]

En esta etapa encontramos como espacio importante: la ciudad; el protagonista es el hombre de la clase media y la temática va desde el narcotráfico, la coca y la cocaína hasta la problemática existencial. Está ausente la cuestión social del realismo, el discurso subversivo de los 70 y los héroes problemáticos que intentan cambiar el mundo.

En la cantidad de voces masculinas y femeninas de nuestros escritores aparece la diversidad, el eclecticismo y surge la dificultad de encontrar denominadores comunes. Sin embargo, podemos hablar de temas recurrentes: como el narcotráfico, la corrupción, cierto escepticismo hacia la problemática del país e individualidad en los planteamientos. Las diferencias se manifietan tanto en los escritores como en su producción literaria. No se puede asociar la búsqueda de identidad en *Ahora que es Entonces* de Gonzalo Lema con la absoluta pasividad de *La vida me duele sin Vos* o, el retorno al espacio provinciano que Manfredo Kempff Suárez presenta en *Luna de Locos* mientras que en *Margarita Hesse* centra su relato en el glamour citadino y en el cotilleo político.

3 **Marginalidad y escritura en la nueva narrativa boliviana**. Luis Alberto Portugal. Cuadernos de literatura boliviana. Carrera de Literatura. U.M.S.A. (pag. 15).

Los escritores actuales no asumen una posición crítica frente al país como la generación del Chacho lo cual no implica indiferencia o no importismo hacia la realidad boliviana, más bien, sin asumir una posición declarada, presentan una crítica cruda de su entorno pero no de manera reinvidicatoria ni de denuncia.

Adolfo Cárdenas, Gonzalo Lema, Manfredo Kempff, Ramón Rocha Monroy, Edmundo Paz Soldán, Wolfango Montes, Virginia Ayllón, Ericka Bruzonic, Marcela Gutierrez, editoriales interesadas en la literatura boliviana, nuevas voces femeninas, diversos concursos literarios, hacen ver un promisorio desarrollo de la narrativa boliviana.

Análisis de simulacros

Esta práctica del lenguaje que da lugar al cuento parece haberse originado en los albores de la humanidad y así como es difícil concebir la forma narrativa separada de la facultad del lenguaje, la ritualidad de contar y escuchar cuentos parece haber sido una de esas acciones mágicas que, escamoteándole su esencia al tiempo, detiene su flujo para hacer un alto y acariciar algún aspecto de la vida o disfrutar de alguna reflexión. La lectura de estos primeros cuentos de Edmundo Paz Soldán recrea ese aire al ofrecernos una mirada que se detiene en un cotidiano de la familia, o de la vida juvenil, o del acelerado mundo de hoy desde un ángulo insólito que, apoyado en la ficción, conduce siempre hacia la reflexión o a la fantasía.

Si bien hay un muy largo trecho y diversos caminos desde el mito hasta el cuento escrito; una característica clave ha sido siempre la función didáctica. El primero como explicación proteica o cambiante de lo desconocido requería una fuerza que lo insertara en la relación inmediata con su público colectivo; y el segundo, en su diferencia de registro y fijación que construye otra dimensión, de una u otra manera, ha necesitado también recurrir a la generalización, tomando la conocida forma de la moraleja. Así por ejemplo, lo que conocemos del cuento en la Edad Media ha llevado siempre un tono religioso o moralista.

Esta fuerza didáctica determinante del cuento sólo se modifica con el surgimiento del *Libro de Patronio* de don Juan Manuel, a fines de la Edad Media (1328). En esta obra el Conde Lucanor se dirige a Patronio para plantearle un problema de la vida cotidiana, y éste no responde directamente sino que cuenta un ejemplo, a partir del cual el Conde comprende su problema y llega a formular una moraleja. Ahora, entonces, a la función didáctica se le une la particularidad de una historia personal, por eso es que el crítico español Ramón Menendez y Pidal afirma que el libro de don Juan Manuel constituye "la cumbre donde se juntan, de un lado, la época didáctica tradicional que acaba, y de otro, la época de la novelística personal que comienza".

Sin embargo, desde nuestra perspectiva actual es recién a partir de Edgar Allan Poe que surge el cuento como una forma literaria auténtica, definida, propia y diferenciada, que ya muy poco tiene que ver con el cuento popular de tradición oral diferenciándose a la vez de la fábula e inclusive del relato y de la novela corta.

Borges en la segunda edición de *Historia Universal de la infamia* incluye el cuento titulado *El brujo postergado*, en el que retoma uno de los ejemplos del *Libro de Patronio*, pero dejando de lado la situación en la que Patronio lo cuenta como ejemplo. De esta manera traslada directamente el papel protagónico del relato a la pareja del narrador, que desde algún punto difuso se hace cargo de contar la historia, y el lector, que queda libre de cualquier fijación moral o religiosa para enfrentarse directamente al relato.

La antología que aquí se ofrece de Paz Soldán presenta una selección de aquellos cuentos que formaron parte de sus dos primeros libros *Las máscaras de la nada* (1990) y *Desapariciones* (1994), a los que se añaden algunos inéditos, de los cuales sólo uno *Invenciones* es anterior a la obtención del Premio de Cuento Juan Rulfo en 1997

En esta selección se encuentra *El aprendiz de mago* que, a su vez, puede ser asociado al cuento de Borges mencionado más arriba, en cuanto ambos ponen en relato personajes ambiciosos de los poderes extrasensibles de la magia. Si el candidato a brujo de Borges, como el de Patronio, no logra su cometido por no poder pasar la prueba de don Illán al dejarse ganar por la soberbia y la propia exaltación; el mago de este cuento enfrenta al lector con el caos que produce el orgullo herido del mago y las consecuencias dislocadas que causa al tener un limitado control de sus poderes. Si en el primer caso el lector puede, todavía, encontrar un tono sentencioso que le permite inferir algún tipo de enseñanza o conclusión; en el segundo, el lector confronta también los efectos de un orgullo desmedido, pero en relación, sobre todo, a la fuerza del absurdo y de la arbitrariedad.

La magia de estos cuentos de Paz Soldán pone al lector en relación con el desconcierto y la extrañeza de una voz juvenil que hace preguntas a su realidad, a la familia, a la vida, al amor, a la historia, a la ficción, a la cotidianidad. Son preguntas que surgen de un asombro primero, auténtico que todavía no ha ensayado respuestas o explicaciones teóricas, sino que recorre el día con la pregunta y diseña sus respuestas, arrastrando más la fuerza del asombro que la contundencia de alguna explicación. El enigma a descifrar está en el gesto cotidiano, por eso es que estos cuentos proyectan una dimensión alterada de los hechos, o mejor la dimensión fantasmal de lo cotidiano que todos hemos percibido alguna vez, pero no nos detenemos en ella. Y en esto el efecto recuerda a Cortazár, cuyos cuentos hacen "peligrar las premisas de los filisteos al revelar que el mundo está lleno de falsos felices".

Así nos encontramos con situaciones especiales que se reiteran o continuan hasta culminar en un efecto que linda con el absurdo o la fatalidad, como en *Los premios en Noguera del*

Campo o E*n la noche de San Juan*, o en el inédito *El dueño del pasado*. Otras situaciones que confronta el lector son aquellas en las que la rutina o una práctica horada la realidad de tal manera que ésta se confunde con el sueño, como es el caso de *La fiesta*, *La clase* o *Los siete gatos grises*. O aquellas en las que la impostura, la mentira o la ilusión van socavando tanto lo cotidiano que se confunden entre sí construyendo la fatalidad como en *Simulacros*, *Las mentiras* o *Penélope*.

La fuerza de la pregunta, del enigma, que plantea el mundo al narrador, en estos cuentos consigue el efecto de desarmar la rutina, desmontar los lugares comunes, la cotidianidad y proyecta una sutil ironía que invita al lector a distanciarse y mirar desde otro lado su propia cotidianidad. En opinión de Poe el cuento ofrece el campo más propicio para el ejercicio de los talentos, creo que esta selección ilustra esa formulación de manera ejemplar, pero también extiende la invitación a los lectores a poner en juego sus talentos, pues al leer este libro se sentirán estimulados a valerse de sus propias y renovadas posibilidades para mirar a su alrededor.

Alba María Paz Soldán

La Paz, julio de 1999

Guía para el profesor

La cuentística de Paz Soldán se caracteriza por un espíritu joven que con brevedad y sencillez nos conduce a un mundo cotidiano donde la sorpresa, lo raro y lo atroz se confunden en la ficción. Permanentemente nos lleva a preguntarnos por el límite de la realidad y la fantasía. En última instancia este límite deja de interesar para subyugarnos por la sorpresa.

Alejado de la preocupación social o realista que caracterizó a la literatura boliviana, Paz Soldán se inscribe dentro de la literatura en la que espacio y tiempo no son determinantes sino más bien la naturaleza humana. Los personajes son hombres, la mayoría de las veces, jóvenes, que viven situaciones especiales. Es por esto que su cuentística atrae al joven quien encuentra en algunos personajes a sus pares. Esta afinidad permite al profesor de clase realizar una serie de actividades a fin no sólo de motivar la lectura sino también de crear y reflexionar a partir del texto.

Motivación pre-lectura

En la pedagogía actual es imprescindible motivar al estudiante para la lectura y análisis de los cuentos. Entendemos por motivación pre-lectura a una serie de actividades que se deben desarrollar en el aula para crear en el estudiante expectativa e interés.

1. Los títulos de los cuentos de Paz Soldán, por ejemplo: *La Madre; La Transformación, La Familia, La Fiesta; La Fuga; Fotografías; Juegos;* por sí solos, podrían hacer que los estudiantes deduzcan, imaginen o propongan el contenido; con la absoluta certeza de que, a su vez , crearían con los mismos títulos otras versiones.

2. Otra actividad motivadora sería la de leer un fragmento significativo o un par de oraciones que provoquen la curiosidad y el interés y se pueda asociar con situaciones diversas.

Por ejemplo:

"Me estoy volviendo hombre —pensó—
Me estoy volviendo hombre"

La Transformación (p. 20)

o:

"La voz del copiloto del 727 de Aviasur pregunta una vez más en qué pista se puede aterrizar".

En la torre de Control (p. 119)

3. El profesor lee la descripción de un personaje y motiva a que los alumnos la completen y describan cuáles podrían ser sus actitudes.

Por ejemplo:

"Nací cuando el dictador ya había finalizado su obra mayor: el país llevaba su nombre, General Ricardo Salvatierra; los nueve departamentos del país también llevaban su nombre y de la misma manera la noventa y cuatro provincias y las calles y avenidas y autopistas de cada una de las ciudades..."

El General (p.63)

o:

"Iván Zaldívar nace en Tarija, Bolivia, el treinta y uno de diciembre de 1947. A los 14 años abandona el colegio e ingresa a trabajar de ayudante de tipógrafo en una imprenta; en los ratos libres, lee con avidez y escribe cuentos"

En memoria de Iván Zaldívar (p.100)

Después de haber leído los cuentos, es interesante que los estudiantes realicen varias actividades, para consolidar sus impresiones.

Actividades Escritas

1. El profesor dará un párrafo significativo de un cuento y pedirá que el estudiante escriba otro.

Por ejemplo:

"La primera vez que te mentí fue cuando te dije que te amaba. Mi miraste a los ojos y me creíste. Qué ingenua que eras. Después vinieron otras mentiras, todas derivadas de esa mi tendencia a decir las cosas que todo el mundo dice, a prometer las cosas que todo el mundo promete, a ser uno más atrapado por el conjuro de las magníficas frases de efecto, esas que de tanto ser usadas ya extraviaron su sentido"

Las mentiras (p. 44)

¿En que ocasión te has sentido atrapado por las palabras, diciendo lo que no sientes? Escribe un párrafo con cuatro frases "cliché" que se dicen sin sentir.

2. El estudiante deberá escribir un pequeño ensayo de una sola vía:

Por ejemplo: ¿Qué significado tienen los nombres en el cuento *Rumbo a las Piedras*?

o:

¿Que importancia tienen los graffittis en tu mundo? A propósito de la *Fábula de la Ciudad Blanca y los Graffiti.*

Actividades Orales

Las actividades orales hacen que los estudiantes, además de reflexionar sobre los cuentos, logren expresar y defender sus pensamientos.

Se pueden realizar debates y mesas redondas sobre temas que naturalmente emanen de los cuentos.

Por ejemplo: ¿Qué sentido tiene la mentira o la simulación? A propósito de *Simulacros* (p. 83)

o:

El aburrimiento y vacío de las clases de colegio. A propósito de *La Clase* (p. 110)

o:

El rol del espectador y del actor. A propósito de *El Aprendiz de Mago* (p. 95)

Actividades Creativas

Estas actividades pretenden "recrear" el cuento. Los alumnos se convierten en escritores.

1. El profesor lee en clase el cuento hasta un lugar determinado (clímax) y pide que los alumnos escriban el desenlace.
2. Después de leído y analizado el cuento, los alumnos proponen otros títulos.
3. Los estudiantes deben escribir una carta a un determinado personaje.
4. Se divide a los alumnos en grupos para que realicen radioteatros.

5. Los cuentos *Fotografias, La Familia, Carnaval,* pueden provocar que los alumnos hablen sobre sus propias fotografías, familias o celebraciones.

6. Los alumnos escriben un cuento con el mismo lenguaje, tema parecido o igual estructura que el cuento elegido para esta actividad.

BIOGRAFÍA

Paz Soldán nació el 29 de marzo de 1967 en Cochabamba, Bolivia, esa ciudad que Vargas Llosa recuerda como "un Edén" en los primeros capítulos de *Un pez en el agua*. Estudió en el Don Bosco, un colegio católico y privado que luego le serviría como escenario de su tercera novela, *Río Fugitivo*. En la adolescencia, jugaba fútbol, leía mucho (Salgari, policiales) y escribía, para sus compañeros, cuentos policiales plagiados a Agatha Christie y Conan Doyle. Sus primeros cuentos datan de 1983 al igual que sus actividades "periodísticas": "hacía un periódico para mis papás, copiando de la radio las noticias importantes del día; ellos, como forma de alentarme, me pagaban por cada periódico" recuerda Paz Soldán. Luego se empeñó en hacer *Edición Especial,* un periódico para sus compañeros de curso, a la vez que se dedicaba intensamente al deporte y a las fiestas los fines de semana.

Salió bachiller en 1984 y en 1985 se fue a estudiar a Mendoza (Argentina), Ingeniería en Petróleos: "todavía no sé por qué –o quizá sí lo sé–, la vieja historia del escaparse de la vocación artística por presiones familiares, por miedo a no saber de qué vivir si uno se dedica a la escritura..." Después de una crisis personal muy aguda, se fue en 1986 a Buenos Aires, a estudiar Relaciones Internacionales. En Buenos Aires, entre tanto escritor y librerías decidió tomar en serio la literatura. Así fue que se embarcó en sus primeros cuentos breves, con deudas a Borges, Kafka y Onetti, y ganó, en 1987, un concurso de cuentos en Buenos Aires, auspiciado por la Universidad del Salvador.

En 1988, consiguió una beca de fútbol para irse a estudiar

a los Estados Unidos. En 1991, obtuvo un Bachellor en Ciencias Políticas. Si en Buenos Aires había descubierto la literatura, en Alabama descubrió la disciplina y el trabajo necesarios para que las ideas se conviertan en cuentos y novelas.

En 1990 publicó, en Bolivia, su primer libro de cuentos breves: *Las máscaras de la nada,* escogido por *Presencia* como uno de los mejores libros del año, y terminó su primera novela, *Días de Papel,* que a fines de 1991 recibiría el Premio Nacional de Novela "Erich Guttentag".

En 1991 se trasladó a Berkeley –ciudad de *hippies* y poetas *beat–;* en 1997, terminó el doctorado en Literatura Latinoamericana.

Esos seis años le permitieron desarrollar una visión crítica de la literatura, y descubrir la tradición a la que pertenecía: la de Cervantes, la de la Celestina, la de los desaforados modernistas: "me afirmé en la creencia de que los escritores no descubrimos nada, apenas ponemos un matiz en el gran edificio de la literatura".

Mientras estudiaba el doctorado, continuó con sus actividades de creación literaria. Publicó en 1994 su segundo libro de cuentos, *Desapariciones,* y en 1996 formó parte de *McOndo*; la antología que, pese a ser recibida negativamente por la crítica, sirvió para presentar a algunos de los narradores más importantes de la nueva generación latinoamericana. Fundó, junto a su hermano Marcelo la editorial Nuevo Milenio, destinada a publicar el trabajo de los escritores bolivianos de la nueva generación.

En 1997 publicó su segunda novela, *Alrededor de la Torre*, una suerte de *thriller* sobre un paramilitar que quiere eliminar a un candidato presidencial indígena a punto de ganar las elecciones. Ese mismo año, con *Dochera*, fue, entre seis mil participantes, uno de los cinco ganadores del Premio de Cuento Juan Rulfo, que cada año organiza en París *Radio Francia Internacional*. El jurado estaba integrado por, entre otros, Fernando del Paso, Augusto Monterroso, Jorge Edwards, Luis Sepúlveda, Julio Ortega y Alexis Márquez. *Dochera* es la historia de un fanático creador de crucigramas, un Pedro Camacho borgiano que, después de enamorarse perdidamente de una mujer, decide reinventar lingüísticamente el universo.

En 1998: "año intenso como pocos, me casé (con una californiana llamada Tamra Fallman), y Alfaguara publicó casi simultáneamente mi tercera novela, *Río Fugitivo*, y mi tercer libro de cuentos, *Amores Imperfectos* (que incluye *Dochera*)". Ambos libros han sido bien recibidos por la crítica; *Río Fugitivo* está siendo traducida al finlandés, y *Amores Imperfectos* estuvo un buen tiempo en la lista de libros más vendidos en el Perú. En 1999 fue incluido en *Líneas Aéreas*, una antología publicada en España que reúne a los más destacados escritores latinoamericanos menores de cuarenta, y *Río Fugitivo* fue seleccionada entre las finalistas al premio Rómulo Gallegos.

"Hoy, a los treinta y dos años, vivo en Ithaca, New York, enseño Literatura Latinoamericana en Cornell, acabo de terminar el manuscrito de mi cuarta novela, y pienso que, a veces, las cosas ocurren vertiginosamente, por azar y por algunas razones secretas de las que es mejor no saber", afirma Edmundo Paz Soldán.

Opiniones sobre Paz Soldán

"El autor de *Las Máscaras de la Nada* sabe cómo narrar una historia, cómo presentar a los personajes y su drama y cómo ponerle punto final a su texto. En eso, sus cuentos tienen lo esencial del género: la tensión narrativa y el final vigoroso.

Baldomero
Los Tiempos (Cochabamba). 25/12/1990

"Paz Soldán atrae, porque expresa las visiones, la intuiciones y las imágenes dibujadas por el espíritu alerta ante las cosas que le rodean y nos rodean, pero de las que no todos nos damos cuenta"

Raúl Rivadeneira Prada
Presencia Literaria 1990

"La influencia más notable que se advierte en el trabajo del joven cuentista boliviano es la de Jorge Luis Borges, de quien aprendió no sólo un lenguaje pulcro, sobrio y preciso; sino 'aquellas perplejidades que, no sin alguna soberbia, se llaman metafísica' como escribiera el ilustre escritor argentino: Sus misteriosos laberintos, infinitas paradojas –peldaños celestes que conducen a las regiones de misterios– incertidumbre y titubeante andar en la penumbra de bibliotecas remotas, encuentran un eco, una resonancia estética en la obra de Paz Soldán, a cuya voz le caracteriza, sin embargo, una extraña combinación de ternura y terror; una alucinada, perpleja y a la vez ordenada visión del mundo y sus fantasmas/.../

Lo que busca Edmundo Paz Soldán es sugerir antes que afirmar, ahí radica la esencia del misterio y la belleza. ¿No será este su credo estético?
Nacida de la soledad y los alucinantes caminos recorridos por Kafka, en la voz de Paz Soldán resuenan ecos del escritor checo, quien quiso descubrir 'el sí profundamente oculto bajo el no'.

Jorge Ayala Zelada
Fascículos Literarios. Correo - Los Tiempos. 12/7/1990

"En el caso de Paz Soldán, ese mundo está en formación pero es sólido: es un lector de sensibilidad y posee información de primera mano. Sus viñetas y cuentos delatan las influencias temáticas de sus lecturas a las que su talento las ha vinculado casi inmediatamente... La literatura nacional ha dejado de ser compañera de viaje de la historia boliviana; ha dejado de ser rural y realista; ha dejado de ser arcaica y falsamente preocupada por "lo social': Desea diálogo y algo de diversión. Desea la ciudad y sus horrendas simas. Desea riesgo y aventura. Personas de carne y hueso y no arquetipos del bien y del mal, revolucionarios y fascistas, traidores y encumbrados. Gente que ame, sufra y goce como todos, en todos lados".

Igor Quiroga
Los Tiempos (Cochabamba). 27/12/1991

"Los laberintos escriturales e imaginarios que crea son dignos de sus mentores, Borges y Nabokov, puesto que como ellos, la ficción de Paz Soldán deconstruye la anquilosada realidad para reconstruirla con nuevas (a veces horrorosas) posibilidades".

Willy O. Muñoz.
Kent State University,
Correo, Los tiempos 1991

"Paz Soldán rompe el mito del escritor —según sus propias palabras— 'en su torre de marfil, encerrado en una biblioteca ...' para hacerse dinámico, dueño de rico verbo".

Ericka Bruzonic
Signo (La Paz). Mayo - Diciembre/1994

"Edmundo Paz Soldán es un valor de la literatura nacional. Escribe bien, correctamente. Los libros publicados son su mejor aval. En 1991 ocupó el primer lugar del premio Erich Guttentag, con la novela *Días de papel*. Y anteriormente, en 1990, publicó *Las máscaras de la nada*, cuentos. Una literatura joven y, en consecuencia, perturbadora, irrespetuosa, contumaz y destripadora.
En su literatura no asoma ni la coca ni el chuño. Es un escritor cochabambino universal, más cerca de Hemingway que de Jesús Lara y Augusto Céspedes. Sin clases sociales ni conflictos materiales. Un narrador que lee y estudia literatura porque no cree en la espontaneidad escamoteadora del creador. Orienta, dirige, conduce su talento. Y a fuerza de estudio y práctica perseverante ha adquirido un estilo virtuoso y personal, 'marcado de cotidianidad', como se afirmó alguna vez, en el que sobresalen la imaginación, los matices, la situaciones, los giros insólitos, amén del humor y de la ironía".

Néstor Taboada Terán
Presencia Literaria. La Paz, 28/8/1994.

"Los relatos de Edmundo, sintéticamente son académicos, sin fisura, hay algo que inquieta, no hay alarde literario, hay corrección, pero una corrección fría, limpia, higiénica.
Paz Soldán me sorprende con esa categoría que es totalmente ajena: la neutralidad. Cuando relata, prefiero decir esto a decir

narra, en diferencia sustancial y quiza más correcto sería decir informa, en el sentido kafkiano de *Informe para una Academia*: no se compromete con nada, simplemente está informando...
En los cuentos de Edmundo Paz, no hay nada que añadir, nada que quitar. Las palabras exactas, las necesarias, no redundar, no retorizar, no poetizar, son los mandatos de este ejercicio ejecutado por Edmundo".

Ronald Martínez
Opinión (Cochabamba). 23/12/1995

"Con inusual ineligencia narrativa, Paz Soldán ofrece una visión tierna y escéptica de la vida en la que el imaginario no es más que una sesgada hipérbole –nada inocente– de la realidad cotidiana".

Antonio Cornejo Polar
Universidad de California en Berkeley, 1996

"Los textos reunidos en los dos títulos demuestran la vehemencia y el empeño de lo que llamaríamos un verdadero cuentista. Sus narraciones breves son de la extensión exacta que demanda la anécdota, rehuye las digresiones y todo aquello que empobrece y debilita. Uno de los primeros aciertos que encuentro es la escritura en sí misma, la que se enseñorea en la riqueza del lenguaje; alejada del barroquismo y de la escritura de búsqueda, cultiva el uso exacto de la sintaxis y la función de las estructuras gramaticales. Su estilo ortodoxo hace del texto una narración fluida. Se puede decir que hay clasicismo —en el mejor de los términos— en su escritura".

León Guillermo Gutiérrez.
El Nacional (México), l/feb/1998

CUADRO CRONOLÓGICO

Años	Sociedad	Cultura
1967	Guerrilla de Ñancahuazú. Asesinato de Ernesto Che Guevara en Bolivia. Masacre de San Juan en Catavi y Siglo XX, Bolivia.	Nace Edmundo Paz Soldán en Cochabamba. Gabriel García Márquez publica *Cien años de soledad.*
1969	Guerrilla de Teoponte en Bolivia. Muere René Barrientos, presidente de Bolivia Neil Armstrong es el primer hombre que llega a la Luna.	Renato Prado Oropeza publica *Los fundadores del alba;* Premio "Erich Guttentag" Jesús Urzagasti publica *Tirinea* en Buenos Aires-Argentina. Gastón Suárez publica el volumen de cuentos *El gesto.*
1970	Golpe militar de Alfredo Ovando en Bolivia en el mes de abril. Asume la presidencia Juan José Torres.	Representación de la obra teatral de Julio de la Vega: *El sacrificio.*
1971	En el mes de mayo se crea la Asamblea Popular en Bolivia. Golpe de Estado de Hugo Banzer S. en Bolivia.	Primera edición de *Matías, el apóstol suplente* de Julio de la Vega. Neruda obtiene el Premio Nobel de Literatura. Yolanda Bedregal publica *Bajo el oscuro sol.*
1973	El presidente Salvador Allende es derrotado por un sangriento golpe militar en Chile.	Oscar Cerruto publica *Estrella segregada* en Buenos Aires-Argentina. Jaime Saenz publica *Recorrer esta distancia.*
1974	Muere el presidente Juan Domingo Perón y es sucedido por su esposa, María Estela en Argentina.	Amalia Gallardo funda el Festival de Cine Llama de Plata en Bolivia. 1er. Simposio de Teatro en Bolivia organizado por Guido Calabi y 1er. Encuentro de Teatro.

1975	Finaliza la Guerra de Vietnam	Se publica la obra poética de Jaime Saenz seguida de *Estructuras de lo imaginario en la obra poética de Jaime Saenz* por Blanca Wiethüchter. Roberto Laserna publica los cuentos *Martina en balada corta.*
1978	Huelga de hambre de mujeres mineras. Presencia de Domitila Chungara.	Jesús Urzagasti publica el poemario *Yerubia.* Blanca Wiethüchter publica *Travesía.*
1979	Presidencia de Lidya Gueiler, primera mujer en ese cargo en Bolivia.	René Poppe publica *El paraje del Tío y otros relatos mineros.*
1980	Golpe de Luis García Meza en Bolivia.	Se publica *El quijote y los perros. Antología del terror político.*
1982	Retorno a la democracia en Bolivia. Presidencia de Hernán Siles Zuazo.	Paolo Agazzi rueda la película *Mi socio.*
1983	Conferencias de desarme entre EE.UU. y U.R.S.S. Se profundiza la crisis económica en Bolivia	Edmundo Paz Soldán obtiene el Primer premio en un Concurso Interco-legial de cuento en Cochabamba. Muere el pintor Joan Miró.
1984	El presidente Hernán Siles Zuazo es secuestrado durante diez horas.	Antonio Eguino filma *Amargo Mar.* Muere Julio Cortázar.
1985	Presidencia de Víctor Paz Estenssoro. El 29 de agosto entra en vigencia el Decreto 21060.	Se filma la película *Los hermanos Cartagena* de Paolo Agazzi.
1986	En Bolivia, la COB organiza una Consulta Popular; en el mes de agosto. Los mineros inician en Oruro La Marcha por la Vida. Presidencia de Jaime Paz Zamora.	De la Vega publica su segunda novela *Cantango por dentro.*

1990	Secuestro y muerte del empresario Jorge Lonsdale.	Edmundo Paz Soldán publica el libro *Las máscaras de la nada.*
1992	Perú concede el uso libre del puerto de Ilo a Bolivia y el desarrollo de una zona franca.	Paz Soldán publica su primera novela *Días de papel.* Premio "Erich Guttentag".
1994	En Bolivia se promulga la Constitución Reformada.	Paz Soldán publica su libro de cuentos *Desapariciones.*
1997	Presidencia constitucional de Hugo Banzer Suárez.	Paz Soldán obtiene el título de Doctor en Literatura Hispanoamericana (UC- Berkeley). Es uno de los ganadores del Premio Juan Rulfo 1997 con el cuento *Dochera.* Publica la novela *Alrededor de la torre.*
1998	Se profundizan los conflictos en la ex-Yugoeslavia	Se crea la Biblioteca Boliviana Santillana con la obra *Matías, el apóstol suplente* de Julio de la Vega. Paz Soldán publica en Alfaguara la novela *Río Fugitivo* y la seleción de cuentos *Amores Imperfectos;* publica también *Dochera y otros cuentos* en Nuevo Milenio. Gonzalo Lema es ganador de la primera versión del Premio Nacional de Novela con la obra *La vida me duele sin Vos* que publica el sello Alfaguara.
1999	Guerra de Kosovo	Río Fugitivo de Edmundo Paz Soldán es finalista del Premio de Novela Rómulo Gallegos.